Kinder – was für ein Leben!

Das Beste aus dem Leserwettbewerb der Zeitschrift ELTERN

Ausgewählt von Amelie Fried und Axel Hacke

Der Allitera Verlag ist ein Books on Demand-Verlag der Buch & medi@ GmbH, München. Dieser Verlag publiziert ausschließlich Books on Demand in Zusammenarbeit mit der Books on Demand GmbH, Norderstedt, und dem Hamburger Buchgrossisten Libri. Die Bücher werden elektronisch gespeichert und auf Bestellung gedruckt, deshalb sind sie nie vergriffen. Allitera-Bücher sind über den klassischen Buchhandel und Internet-Buchhandlungen zu beziehen.

Weitere Informationen über den Verlag und sein Programm unter:
www.allitera.de

Bibliographische Information der Deutschen Bibliothek

Die Deutsche Bibliothek verzeichnet diese Publikation in der Deutschen Nationalbibliographie; detaillierte bibliographische Daten sind im Internet über <http://dnb.ddb.de> abrufbar.

November 2003
Allitera Verlag
Ein Books on Demand-Verlag der Buch & medi@ GmbH, München
© 2003 Redaktion ELTERN und Buch&media GmbH, München
© der Einzelbeiträge bei den AutorInnen
Umschlaggestaltung: Kay Fretwurst unter Verwendung
einer Illustration von Annabelle Verhoye
Herstellung: Books on Demand GmbH, Norderstedt
Printed in Germany · ISBN 3-86520-020-6

Inhalt

Vorwort 7

Michaela Seul
Eine alltägliche Geschichte 9

Stefanie Pappon
Fliegen 14

Dorothee Schulte
Flügge 18

Irene Jung
Gruß aus Binz 20

Christiane Dieckerhoff
Eine Gutenachtgeschichte 26

Andrea Mecke
Karotte zum Frühstück 30

Christina Priplata-Harand
Libes Kristkint 38

Liane Locker
Der Magier 47

Irene Maczurek
Male einen Kreis 51

Paul Holzreiter
Nicht so weit und nicht so hoch 55

Eva Lang-Booz
Groß wie die Präsidentensuite 59

Ute Schreiber
Radwechsel 68

Kirsten Commenda
Simon 73

Uwe Bonecke
Teddymord und Mutterlist 78

Regine Kölpin
Wellengang 83

Regine Mönkemeier
Zärtlich hat er mich zum Abschied geküsst . 87

Natascha von Maydell
Zuhause ist, wo du verstanden wirst 90

Conchita Laurenz
Dorotheas Sommer 95

Die Autorinnen und Autoren 98

Vorwort

Wer Kinder hat, kann was erzählen. Das erfährt die Redaktion von ELTERN täglich: Immer wieder schicken junge Mütter und Väter Geschichten aus dem Familienalltag ein, schildern die schönsten und aufregendsten Momente aus ihrem Leben mit Kindern. Warum, fragten wir uns, soll daran nicht die Öffentlichkeit teilhaben? So entstand der Wettbewerb »Kinder – was für ein Leben!«. Gesucht waren die besten Shortstorys über die turbulente Zeit, in der aus Paaren Familien werden. Es kamen: Hunderte von Einsendungen.

Daraus eine gerechte Auswahl zu treffen, fiel der Redaktion schwer, zumal es sich um teilweise sehr persönliche Dokumente handelte. Aber wir hatten die Unterstützung von zwei sachkundigen Juroren: Amelie Fried, Bestseller-Autorin und TV-Moderatorin, ist selbst Mutter (die früher auch für ELTERN geschrieben hat). Der preisgekrönte Autor und Journalist Axel Hacke (Süddeutsche Zeitung) ist vielen Lesern durch sein Buch »Der kleine Erziehungsberater« bekannt. Amelie Fried und Axel Hacke hatten schließlich auch die schwierige Endauswahl zu treffen.

Und dies ist dabei herausgekommen: ein Band mit 18 Familien-Geschichten mit witzigen Episoden aus dem chaotischen Alltag, Beschreibungen zauberhafter Momente, aber auch kleiner Tragödien, Geschichten von Streit und Versöhnung, vom Glück, Kinder zu haben und der Liebe, die durch nichts zu erschüttern ist.

Der Bogen spannt sich vom einschneidenden Geburtserlebnis über den herrlichen Alltagswahnsinn bis zum Thema »Abschied«. Lassen Sie sich einfach unterhalten! Und staunen Sie, wie bunt das Leben mit Kindern wirklich ist.

Ihre Redaktion ELTERN

Michaela Seul
Eine alltägliche Geschichte

Bis bald«, sagte er zu der Frau, die er liebte und stieg in sein Auto, um über zwei Landesgrenzen zu seinem Kind zu fahren, das bei der Frau lebte, die er einmal geliebt hatte. Meistens regnete es, wenn er losfuhr, immer nachts. Die ersten beiden Stunden vergingen rasch, seine Gedanken schweiften in angenehmer Ziellosigkeit durch die Zeiten.

Niemals hatte er es für möglich gehalten, sein Kind zu verlassen, und noch weniger, es zu verlieren, doch er hatte es verloren, es verhielt sich wie mit einem wassergefüllten Gefäß, das leckt, bis er irgendwann nur noch das Gefäß trug. Er war kein Sonntagspapa gewesen – obwohl er keine Kinder gewollt und mit der Aussicht auf lebenslängliche Versklavung gehadert hatte. Doch dann hatte sich diese Bedrohung in Freude verwandelt. »Ich werde Vater«, hatte er stolz verkündet. Er liebte die schwangere Frau sehr und nannte das Kind Frucht ihrer Liebe, so pathetisch drückte er sich aus, dass die Frau lachte und ihn auf die Backen küsste, als wäre er ein Kind.

Im Kreißsaal hielt er die Frau im Arm, massierte ihren Rücken und dann geschah dieses Wunder, lag das verschmierte Lebewesen mit dem viel zu großen Kopf auf dem Bauch seiner Frau und die Hebamme forderte ihn auf, die Nabelschnur zu durchtrennen. Er war Vater! Wäre nicht der Kopf gewesen, hätte er glücklich sein können, doch dieser Riesenschädel machte ihm Angst. Die Frau bemerkte seinen Blick. Das ist normal, beruhigte sie ihn.

Es kam, wie es kommen musste: Die neue Wohnung, Kinderkrankheiten, Windeln und an Weihnachten ein geschmückter Baum. Sein Kind wurde zum Liebsten auf der Welt. Jede freie Minute verbrachte er mit dem blonden Mädchen mit den blauen Augen und dem Lachmund, vergaß die Frau über dem Kind und suchte Zuflucht bei dem Kind, wenn er Streit hatte mit der Frau. Das Kind war der große Gewinn seines Lebens. Die Frau verlor er mehr und mehr. Sie verlor auch ihn. Einmal haben wir uns geliebt, sagten sie und schauten sich ratlos an. Nächtelange Gespräche, die sich im Kreis drehten, und gute Vorsätze, die schon am nächsten Morgen vergessen waren. Wäre nicht das Kind gewesen, hätten sie sich getrennt. Er schlief auf der Couch im Wohnzimmer. Morgens weckte ihn der warme Körper des Mädchens, das zu ihm ins Bett kroch und er wusste, warum er nicht einfach verschwand wie sein Vater, der nur mal eben schnell Zigaretten holen gegangen war und nie mehr gesehen wurde.

Die Frau, die er geliebt hatte, liebte das Kind, wie er es liebte. Aber zwischen ihnen gab es keine Liebe mehr.

Der erste Riss in der Liebe der Frau zu ihm war sicher geschehen, als er sich bei der Mitteilung ihrer Schwangerschaft nicht verhalten hatte, wie sich vorbildliche Väter im Fernsehen verhalten. Er hatte sich strafbar gemacht, sie nicht jubelnd durch die Wohnung gewirbelt, um sie gleich darauf besorgt auf ein Sofa zu betten, hatte sich selbst erschrocken setzen müssen, weil sein Herz so heftig klopfte. Das hatte sie ihm niemals vergessen, niemals verziehen und all seine Freude und Liebe für das Kind konnten dieses Erschrockensein und Hinsetzen nicht auslöschen. Die Frau träumte in Rosarot und Babyblau und als sie später zugeben musste, er habe Recht gehabt, ein Kind verändere das ganze Leben total, vergab sie ihm trotzdem nicht sein Zögern.

Die Ausschließlichkeit, mit der sie ihre Mutterschaft zelebrierte, schreckte ihn ab. Seine intelligente Gesprächspartnerin mit dem geistreichen Wortwitz verschwand. Er lebte nicht mehr mit einer Frau, er lebte mit einer Mutter. Viel zu spät begriff er, dass sie sich ihrer Weiblichkeit unsicher war und den fleckigen Morgenmantel der Mutterschaft darüber breitete. Wenn sie an der Tür stand und sagte: Ich gehe jetzt ins Bett, wenn du mit mir schlafen willst, musst du bald kommen, übersetzte er nicht, dass dies kein Angriff auf seine primitive Triebhaftigkeit war, sondern ein Hilferuf, hörte nur Feindschaft und sah seine eigene Mutter, die seinen Vater verflucht hatte, der immer nur das eine wollte und nicht die Heiligkeit der Mutterschaft achtete.

Er hatte gedacht, es könnte nicht schlimmer werden, aber es war immer schlimmer geworden, die Stimmung in der Wohnung hatte sich wie eine Schlinge um seinen Hals gezogen. Das kleine Mädchen war seine einzige Freude. Wenn er nicht mit seinem Kind spielte, reparierte er Spielzeug – nicht nur für sein Mädchen – auch für Freunde und Freundinnen. Er war der beliebteste Papa im Haus. Er arbeitete nachts, und wenn er müde von der Arbeit kam, schlief sein Mädchen.

Immer enger die Schlinge um seinen Hals. So alt war er doch

noch nicht, dass sein Leben wegschmelzen sollte in der Bedrückung dieser Wohnung. Tägliche Ausweglosigkeit, grausame Zerrüttung verwüstender Worte – zwei Feinde und ein Kind.

Bis er die Frau kennen lernte, die er jetzt liebte. Plötzlich wurde er begehrt, alles war auf einmal so leicht, er lachte wieder. Wie ein großes Wunder kam ihm diese Frau vor; er hatte vergessen, dass es Liebe geben kann zwischen Mann und Frau. Als er der neuen Frau von seiner Frau und dem Mädchen erzählte, hatte er große Angst, sie zu verlieren, doch er musste es sagen, auch, dass er sich niemals trennen würde, denn er liebte sein Kind über alles. Er spürte, seine einzige Chance, das Kind nicht zu verlieren, wäre die Flucht vor der Frau, deren Zärtlichkeit ihn erkennen ließ, dass er in einem Verlies gelebt hatte.

»Ich habe mich verliebt«, sagte er zu der Frau, die er nicht mehr liebte. Sie zückte ihre Trumpfkarte: das kleine Mädchen. Er blieb nicht mehr in der Wohnung. Verbrachte die Nächte bei der neuen Frau, stand jeden Morgen am Bett des Kindes, das den Vater nicht mehr suchte auf der Couch im Wohnzimmer.

Als die Frau, die er nicht mehr liebte, merkte, dass es ihm ernst war, versuchte sie all das, was er sich so sehr gewünscht hatte, als es noch nicht zu spät gewesen war. Er war jedoch der neuen Frau treu, verließ das Kind. Es begann die Zeit der Abrechnung. Überall Fronten und immer in der Mitte: das kleine Mädchen.

Bis die Frau mit seinem Kind fortzog. Nicht einfach in ein anderes Stadtviertel. In ein anderes Land. Zu weit weg, als dass man übers Wochenende dorthin fahren könnte. Es blieb wenig Zeit für das Mädchen. Denn die Frau, die er liebte, wollte ihn, nicht sein Kind.

Manchmal stand er nachts auf, setzte sich in dem leeren Kinderzimmer auf den Boden und träumte davon, sein Kind zu entführen. In diesen Nächten war er einsam, denn das alles konnte er der Frau, die er liebte, die sich schuldig fühlte an seiner Verzweiflung, nicht erzählen. Erzählen konnte er es auch nicht der Frau, die er einmal geliebt hatte und die ihm noch immer den Verrat nachtrug. Und schon gar nicht dem Mädchen, das zu klein war um zu verstehen. Es wäre nicht zu klein gewesen, Fragen zu stellen. Aber es fragte nie. Fragte nur: »Warum wird es abends dunkel?« Fragte nicht: »Papa, warum bist du nicht mehr bei uns?« Und wenn er versuchte zu erklären, hörte es nicht zu. Schlief ein oder sagte: »Papa, spiel mit mir.«

Er gewöhnte sich an den Verlust. Versäumte es, zu Ostern ein Päckchen zu schicken. Rief selten an. Wusste nicht, ob er sich den Schmerz ersparen wollte, die Stimme seines Kindes von weit weg zu hören. Und dann, er hatte das Mädchen lange Zeit nicht gesehen, fuhren sie zusammen in den Urlaub. Zwei Tage dauerte es, bis die Fremdheit zwischen ihnen verschwand und auch danach war es nicht mehr, wie es früher gewesen war. Er hatte die Verbindung verloren. Sein Kind erzählte von Spielkameraden, die er nicht kannte, erzählte Geschichten aus einem Kindergarten, den er nie gesehen hatte. Er war nicht mehr Teil des Alltags seines Kindes. Die schrecklichste Erkenntnis war jedoch, nicht mehr jene Geduld aufzubringen, die ihn früher ausgezeichnet hatte. Als das Mädchen noch zu seinem Alltag gehörte, hatte es ihm nichts ausgemacht, hinter seinem Kind herzuräumen und all die tausend Kleinigkeiten zu tun, bei denen ein Kind Hilfe braucht.

Als er das kleine Mädchen zurück zu seiner Mutter brachte, spürte er eine Erleichterung, die ihn erschreckte. Dann sah er sein Mädchen viele Wochen nicht. Dachte selten daran, dass er Papa war. Und wusste nicht, ob er das Kind weniger oder mehr lieb hatte als früher, ob er es überhaupt noch lieb hatte oder nur sagte, er habe es lieb, weil es sich so gehörte; wusste nicht, ob er Geschenke mitbrachte, weil er sich daran freute, oder weil es erwartet wurde, wusste nicht, ob er das kleine Mädchen besuchte, weil er Sehnsucht hatte oder weil er der Vater war.

Als er die Grenze des Heimatlandes des kleinen Mädchens passiert hatte und nur noch eine Fahrstunde von ihm entfernt war, rastete er auf einem Parkplatz und dachte an die bevorstehende Begegnung. Er spürte seine Angst, sein Kind habe ihn verloren, wie er es verloren hatte und die Hoffnung: Diesmal vielleicht stellte sein Mädchen die wichtigen Fragen und schlief nicht ein oder wollte nicht spielen, wenn er die nicht gestellten Fragen beantwortete. Er wusste nicht, wann es so weit sein würde, aber davor, wusste er, hatte er keine Angst.

Die Frau, die er einmal geliebt hatte, öffnete die Tür, begrüßte ihn kurz und legte sich wieder ins Bett. Leise ging er in das Zimmer des Kindes. Es sah genauso aus, wie das Kinderzimmer in der gemeinsamen Wohnung ausgesehen hatte, das jetzt zu einer Rumpelkammer verkommen war. Vorsichtig setzte er sich neben das Bett, das er mit Schnitzereien verziert hatte, damals, als die Frau, die er geliebt hatte, im Krankenhaus lag und angespannt auf das Kind wartete.

Voller Zärtlichkeit sah er dem Mädchen beim Schlafen zu, zupfte an der Decke, immer schauten die Füße raus, und immer festgehalten von der kleinen Hand: der Schnuller. Den wollte es nicht hergeben, obwohl es schon viel zu alt dafür war. Plötzlich regte sich das Kind.
»Papa?«, fragte das kleine Mädchen, und es war eine Gewissheit in seiner Stimme.
»Ja«, sagte er, und das kleine Mädchen öffnete die Augen.

Stefanie Pappon
Fliegen

Lena bückte sich zu der großen Blüte. Viele bunte Schmetterlinge saßen dort, sie klappten die Flügel auf und zu und tranken Nektar.

»Hallo, ihr«, begrüßte Lena sie. Sie wollte die Schmetterlinge streicheln, wie sie es immer mit Schoki, ihrem braunen Angorahasen tat. Doch die Falter mochten das nicht. Sie flüchteten, als Lena nach ihnen griff.

Das kleine Mädchen betrachtete fasziniert, wie die Schmetterlinge auf der Sommerbrise ritten, wie sie hin und her, wie sie auf und ab gaukelten. Die Falter flatterten zur nächsten Blüte, die hoch über Lenas Kopf im Wind wippte. Lena wollte auch da oben sitzen. Lena wollte fliegen! Wenn man fliegen konnte, brauchte man auf der Straße nicht nach rechts oder links zu schauen, sondern schwebte ganz einfach über die stinkenden Autos weg. Leo, Lenas großer Bruder, würde sie dann auch nicht mehr ärgern können, denn sie würde einfach davon flattern.

Lena überlegte angestrengt: Konnten kleine Mädchen überhaupt fliegen? Sie musste es einfach versuchen. Lena hüpfte und schwenkte die Arme, wie sie es bei den Schmetterlingen gesehen hatte. Doch egal, wie hoch sie sprang, wie sehr sie mit den Armen wedelte, sie kam immer wieder auf den Boden zurück. Schmollend sah sie zu den Schmetterlingen hinauf. Doch dann erinnerte sie sich an etwas, was ihr großer Bruder Leo gesagt hatte.

Es tat so weh! Lena biss die Zähne zusammen. Sie saß auf dem Küchenboden und schluchzte. Sie konnte sich schon vorstellen, wie Leo herumzetern würde, weil sein Superschnellfahrrad einen Kratzer abbekommen hatte.

Aber Mama war da, trocknete Lenas Tränen und summte so eine schöne Melodie, dass Lena lieber zuhörte, als weiter zu weinen. Gerade sprühte Mama etwas Kühles auf Lenas aufgeschrammtes Knie und streichelte sanft über ihre Arme.

»Kind, was ist denn passiert?«, fragte die Mutter besorgt.
»Ich wollte fliegen«, schluchzte Lena.
»Mit Leos Fahrrad?«, fragte Mama.

»Leo sagt immer, Fahrrad fahren fühlt sich an wie fliegen. Und Leo war grade nicht da, und da hab ich gedacht, ich probier es mal alleine«, sagte Lena unter Tränen.

»Aber du kannst doch noch gar nicht Fahrrad fahren, Kind«, meinte die Mutter. »Das ist nicht so einfach, wie du denkst! Um das zu lernen, brauchst du jemanden, der dir zeigt, wie es geht.«

Lena schaute Mama verzweifelnd an: »Aber Leo war nicht da ... die schönen Schmetterlinge ... alle fort ... und ich kann immer noch nicht fliegen!«

Die Mutter lächelte und strich ihrem kleinen Mädchen übers Haar: »Ich weiß zwar nicht, wie man fliegt, aber ich zaubere dir etwas, das fliegt.«

»Wirklich?« Lena vergaß vor lauter Staunen zu weinen. Mama konnte zaubern!

»Ja, ja!«, bestätigte Mama. »Aber alleine schaffe ich das nicht. Du musst mir helfen. Nur so kann ich es dir zeigen. Du weißt doch, wo die Rolle mit dem Blumendraht liegt. Holst du mir die?«

Lena rannte aus der Küche und aus dem Haus. Beinahe wäre sie über Leos Fahrrad gefallen, das immer noch umgekippt im Hof lag. Sie zerrte es in die Höhe und stellte es auf den Fahrradständer. Dann flitzte sie weiter zum Geräteschuppen. Fast wäre sie zu klein gewesen. Doch irgendwie angelte sie die Blumendrahtrolle vom Fensterbrett. Wie der Blitz war Lena mit dem Draht wieder in der Küche.

Mama nahm einen Plastikbecher aus dem Schrank und füllte ein bisschen Wasser ein. Dann stellte sie das Gefäß auf den Boden. Doch sie war noch nicht fertig. Gespannt beobachtete Lena, wie ihre Mutter unter der Spüle herumkramte. Schließlich hielt sie Lena die Spülmittelflasche hin.

»Du kannst doch schon bis zwanzig zählen, Lena«, sagte Mama. »Versuch mal, zwanzig Tropfen Spülmittel in den Becher zu tun.« Damit drückte sie ihrer Tochter die Plastikflasche in die Hand und setzte sich neben ihr auf den Boden.

Lena kniff die Lippen zusammen und konzentrierte sich. Sie gab sich beim Zählen große Mühe. Und am Ende hatte sie es geschafft.

»Aber das trinke ich nicht!«, meinte Lena bestimmt.

»Da hast du Recht, Lena! Du bist ein kluges Mädchen! Aber damit können wir fliegende Bälle machen. Warte, es fehlt noch was!«

Lena wurde langsam ungeduldig.

Aber ihre Mutter ließ sich nicht aus der Ruhe bringen. Sie zwickte ein wenig Blumendraht von der Rolle ab und bog das obere Ende des

Drahtstücks zu einem Ring. Danach legte sie ein Brettchen auf den Becher mit dem Spülmittel und schüttelte ihn kräftig.

»Fertig!«, verkündete Mama.

Lena atmete auf: »Endlich!«

Lena bekam von ihrer Mutter das zurechtgebogene Stück Draht. Sie selbst nahm den Becher. Zusammen gingen sie in den Garten, das heißt, Lena hüpfte voraus. Mama setzte sich auf den Rasen und drückte ihrer Tochter den Becher in die Hand.

»Du musst den Draht in den Becher tunken«, erklärte sie. »Dann hältst du dir den Ring vor den Mund und bläst durch.«

Lena pustete, aber es passiert gar nichts. Nur ihre Finger fühlten sich seifig an. »Mama, das geht nicht! Was soll da fliegen?«

Die Mutter schmunzelte und hielt Lena eine Pusteblume hin. »Probier es mal damit! So ein Zauber klappt nur, wenn du ein wenig übst.«

Lena holte tief Luft.

»Vorsicht!«, rief Mama. »Blas ein bisschen sanfter!«

Lena war glücklich, als die Samen der Pusteblume in der Luft davon tanzten.

»Und jetzt versuche es noch mal mit dem Blumendrahtring«, schlug die Mutter vor. »Stell dir einfach vor, der Ring wäre eine Pusteblume.«

Sie tunkte den Draht noch einmal in den Becher und hielt ihn dann Lena hin. Beim dritten Versuch schwebten Seifenblasen im Garten herum. Staunend beobachtete Lena, wie sie in allen Farben schillerten. Die ganze Welt spiegelte sich in den glänzenden Blasen. Sie setzten sich wie Schmetterlinge auf Blütenblätter oder kugelten wie Purzelbaum schlagende Kinder durch die Luft. Lena klatschte vor Freude in die Hände: »Das ist ja toll, Mama!«

»Und jetzt verrate ich dir ein großes Geheimnis, Lena!«, rief ihre Mutter.

Lenas Augen wurden groß und rund. Geheimnisse liebte sie!

Zuerst schaute sich ihre Mutter im Hof um, ob da jemand war. Lena suchte hinter den Rosenhecken und im Geräteschuppen. Aber da war auch niemand. Mama nickte zufrieden.

»Richtig fliegen oder etwas zum Fliegen bringen, kannst du nur mit jemand anderem«, flüsterte sie verschwörerisch. »Ich habe dir gezeigt, wie es geht und du hast es geübt. Nur zusammen haben wir so schöne Seifenblasen gezaubert!«

Lena nickte ernst. Das war wirklich ein großes Geheimnis!

Den ganzen Nachmittag lang zauberte sie die schönsten Seifenblasen. Sie hatte ja bis heute nicht gewusst, wie viel Spaß es machte, große Geheimnisse mit jemand anderen zu teilen. Als Leo, ihr älterer Bruder, nach Hause kam, hatte Lena mit ihm etwas Wichtiges zu besprechen.

Eine Woche später stand Leo in der Küche und bat seine Mutter, doch mal eben in den Hof zu kommen.

Lena saß auf Leos Fahrrad und drehte eine Runde nach der anderen.

Ihre Mutter staunte: »Kind, du kannst ja Fahrrad fahren! Das ist aber schön!«

Lena strahlte vor Freude und Leo lehnte mit einem verschmitzten Lächeln an der Hauswand.

»Ich habe Leo gefragt, ob er mir Fahrrad fahren beibringt«, verkündete Lena. »Wir haben ganz viel geübt!«

Dann fuhr sie wieder ein paar Schleifen auf dem Hof. Lena genoss den Wind, der beim Rad fahren an ihrer Nase vorbei strich und ihr Haar zerzauste. Ja, so musste sich fliegen anfühlen!

Und dann kam Lena auf eine Idee.

Fahrrad fahren konnte sie jetzt, weil Leo es ihr beigebracht hatte. Als Nächstes würde sie Papa fragen, ob er ihr das Fliegen beibringen würde.

Sie wusste ganz sicher, dass er das konnte. Er war ja Hubschrauberpilot.

Dorothee Schulte
Flügge

Die Tür zu deinem Zimmer steht weit offen. Auf dem Boden, über deinem Bett, überall liegen verstreut Kleidungsstücke von dir. »Wie Federn in einem Nest« denke ich, und erinnere mich an etwas, das lange her ist.

Ich muss damals vielleicht vier oder fünf Jahre alt gewesen sein, als ich das kleine Vögelchen fand. Wir spielten im Garten, meine ältere Schwester und ich. Das heißt, ich spielte, und sie musste auf mich aufpassen. Unsere Mutter schlief wie immer um die Mittagszeit, da sie morgens in einer Bäckerei arbeitete und mitten in der Nacht aufstehen musste. Für uns Kinder war es die schlimmste Zeit des Tages. Ich musste leise sein, und meine Schwester sollte dafür sorgen, dass ich es auch wirklich war.

Der kleine Vogel lag auf dem Boden vor unserem Haus. Ängstlich blickte er von unten zu mir hinauf und machte hektische Bewegungen mit den Flügeln. Aber er flog nicht davon. Eine Zeitlang beobachtete ich fasziniert das kleine Tier, dann rief ich meine Schwester. Die brummte nur unwillig, weil ich sie beim Lesen störte, kam auf mein Drängen schließlich aber doch zu mir. Auch sie war gleich fasziniert von dem hilflosen Federvieh und versuchte sofort, es auf ihre Hand zu nehmen. Der Vogel wehrte sich in seiner Angst und pickte mit seinem Schnäbelchen nach ihren Fingern. Kurz überlegte sie, was wir nun tun könnten. Dann entschied sie, dass es in diesem Fall gerechtfertigt sei, unsere Mutter zu wecken.

Abschätzig musterte sie mich von oben bis unten und erteilte mir schließlich den Auftrag, auf den Vogel aufzupassen, bis sie mit Mama zurückkehrte. Ich sollte vor allem darauf achten, dass keine Katze in seine Nähe käme, denn die würde ihn sicher fressen.

Sie ließ mich also alleine. Und ich fühlte mich mit meinen vier oder fünf Jahren wie ein Ritter, der seine Burg vor dem mächtigen Feind verteidigt. »Keine Angst, kleiner Vogel, ich bin ja bei dir und passe auf dich auf.«

Fast wünschte ich mir, es würde eine Katze kommen, die ich mutig in die Flucht schlagen könnte – aber dann wurde diese Katze in meiner Vorstellung immer größer und größer, bis sie am Ende eher einem wütenden Löwe glich. So war ich schließlich doch ganz erleichtert, als unsere Mutter kam und ich die schwere Verantwortung los war.

Mama hob das Vögelchen hoch, schaute es sich kurz von allen Seiten an und klärte uns dann darüber auf, dass es wohl aus einem Nest gefallen sei. Es schien unverletzt zu sein. Wir müssten es also nur füttern, bis es größer wäre und davonfliegen könnte.

Und dann sagte sie etwas, was mich völlig überraschte und unendlich stolz machte. Sie sagte, ich solle mich um den Vogel kümmern, denn ich habe ihn gefunden, und deshalb sei ich jetzt für ihn verantwortlich.

Das tat ich dann auch, mit ihrer Hilfe zwar, aber doch so gewissenhaft, dass sie mich noch Jahre später dafür lobte. Tagelang suchte ich Würmer, die ich in kleine Stücke riss und dem Vogel vor den Schnabel hielt. Ich sammelte Stroh für sein Nest, ich säuberte den Boden in unserem Badezimmer von seinem Dreck. Ich streichelte ihn und sprach zu ihm den ganzen Tag, während sein winziges Köpfchen sich von links nach rechts drehte und dabei immer schräg zu mir hinauf blickte.

Dann kam der Tag, an dem meine Mutter sagte, es sei jetzt soweit: Wir sollten das Fenster auflassen. Und tatsächlich, als wir das nächste Mal nach ihm schauen wollten, war er weg. Nur das Nest war noch da und der Vogeldreck, und viele kleine Federn, die verstreut überall herumlagen.

Das Fenster stand weit offen, und ich blickte in den blauen, weiten Himmel, in den mein Vogel entschwunden war. Mir stiegen sofort die Tränen in die Augen, meine Mutter nahm mich in ihre Arme, drückte mich ganz fest und sagte: »Das hast du sehr, sehr gut gemacht. Ohne dich wäre er gestorben, und jetzt fliegt er stattdessen überall herum und erzählt den anderen Vögeln, dass ein kleines Kind ihm das Leben gerettet hat.«

Heute stehe ich vor einem anderen Nest. Diesmal ist es eine Tür, nicht ein Fenster, durch das mein Vogel entschwunden ist. Aber meine Gefühle sind die gleichen. Neunzehn Jahre lang warst du der Mittelpunkt meines Lebens, ich habe dich gefüttert und auf dich aufgepasst, bis du groß genug geworden warst, um davonzufliegen.

Als du mich fragtest, was ich davon hielte, wenn du ein Jahr im Ausland studiertest, wusste ich, dass die Zeit gekommen war.

Dann habe ich das Fenster geöffnet.

Irene Jung
Gruß aus Binz

Oh du mein Süß, mein Honiggut! Du kommst herein mit deinem dicken Bauch, über den sich das türkisfarbene T-Shirt deines Schlafanzuges spannt, und mein Herz fliegt dir zu. »Was ist?«, fragst du zögernd, misstrauisch, weil ich lächle, ich sage: »Nichts ist« und denke: Weißt du, dass ich mein Gesicht in deinen dicken Bauch rammen könnte? Nichts riecht so gut wie dein dicker Bauch.

Morgens wache ich auf mit Bitterkeit im Mund, voll von dem Kind, das ich einmal war. Ich trage dieses kleine Mädchen mit mir herum wie eine Kugel, die ich anstupse in der Nacht, und sie rollt ein wenig hin und her. Ich wache auf mit dem Geschmack des Versagens auf der Zunge, und das stets neue Entzücken über das, was ich vorfinde, Honiggut schlafend an meiner Seite, Kathrin und Juliane im Bett nebenan, die Liebe, die uns verbindet, der Urlaub, das schöne Appartement, das gute Leben, das gute Leben, überrollt mich wie eine riesengroße Welle und macht mich trunken vor Glück. Schnell schiebe ich das Ehebett in der Mitte auseinander und lasse das Kind, das ich war, durch den Spalt kullern. Schnell schiebe ich das Bett wieder zusammen.

Immer bin ich die Erste, die aufwacht. Ich erhebe mich lautlos und tappe in das Wohnzimmer, wo wir das Bett für die Kinder hergerichtet haben. Die liegen noch in tiefem Schlaf, erschöpft vom vorangegangenen Tag. Ich hocke mich auf die Bettkante und sehe ihnen zu, streiche die sonnengebräunten Beinchen, die aus der Bettwäsche gucken, betrachte die goldenen Flimmerhärchen auf ihrer Haut, liebkose mit den Augen ihre weichen, vom Schlaf leicht gedunsenen Gesichter. Dann singe ich ein blödes Lied, und sie schlagen die Augen auf und werfen einen Blick auf mich, stöhnend schließen sie die Augen wieder und wälzen sich auf die andere Seite, strecken mir ihre Popos entgegen.

Bald wird Kathrin Brötchen holen gehen und Juliane uns einen Strandkorb mieten, nach Möglichkeit und wenn es dafür nicht schon zu spät ist, in der ersten Reihe, Honiggut wird duschen, und ich werde das Frühstück zubereiten an dem gusseisernen Tisch, den wir an die Fensterwand gerückt haben, um aufs Wasser gucken zu können. Wir haben eine Aussicht bis dorthin, wo das Meer in den Himmel übergeht und die Masten der großen Segelschiffe kürzer und kürzer werden, bis sie schließlich ganz von der Bildfläche verschwinden, und wie jedes Mal, wenn ich das sehe, wundere ich mich darüber, wie klein die Erde sein muss, wenn die Tatsache, dass sie rund ist, sich bereits mit bloßem Auge erkennen lässt. Aber ich bin ja auch nur ein naives Geschöpf, versponnen in eine Verträumtheit, die den Bezug zum Verstand mehr und mehr verliert. Ich bin – dumm. Einmal, vor vielen Jahren, war ich sehr intelligent, intelligent und unglücklich. Heute bin ich dumm. Und glücklich, mein Gott, wie glücklich ich bin!

Nach dem Frühstück bummeln wir die Strandpromenade hinab. An weiß lackierten, wunderbar altmodischen schnitzereiverzierten Straßenständen betrachten wir blaumelierte Seepferdchen mit einem Strassstein als Auge, silberne Ohrstecker mit viereckigem Aquamarin, T-Shirts mit »Gruß aus Binz«-Motiv auf der Brust. Die Kindern befummeln alles, sie dürfen sich etwas kaufen und können sich nicht entscheiden. Ihre langen blonden Haare sind zum Pferdeschwanz gebunden, einzelne Strähnen haben sich herausgeschmuggelt und umrahmen lieblich ihre runden Wangen. Die Sonne scheint. Die Verkäuferinnen gucken missvergnügt, sie wissen wohl aus Erfahrung, wer etwas kaufen wird, und zählen uns nicht dazu. Später finden wir in einer Boutique eine Bluse für mich und wollen eben damit zur Kasse gehen, als wir die Verkäuferin sagen hören: »Dies ist kein Kindergeschäft, du kannst nicht alles anfassen.« Sie sagt es bös, und sie sagt es zu Juliane, und wir erwidern laut: »Dann haben wir hier auch nichts verloren« und treten hinaus ins Freie, die Bluse lassen wir da.

Danach gehen die Kinder an den Strand und wir noch einmal nach oben ins Appartement. Honiggut hat viele Präser in allen Farben dabei und auch solche mit Noppen und Rillen, die wir noch nicht kennen und die wir endlich einmal ausprobieren wollen. Ich muss immer kichern, wenn er den Jutebeutel aus der Schublade zerrt und seinen Inhalt auf das Laken schüttelt. Man kann sich mit Andacht lieben, mit großem Ernst, nüchtern und sachlich, man kann auch einfach mal lachen. Als ich das erste Mal mit Honiggut schlief, lachte er, es war ein lautes, befreites Lachen, und mein Herz wurde heiß, im nächsten Augenblick lachte auch ich. Das sind Dinge, die man nie vergisst. Wir beugen uns über die bunten Tütchen und wählen kichernd ein rotes aus, das nach Erdbeere schmecken soll, aber dann komme ich doch nicht dazu, seinen Geschmack zu überprüfen, denn nichts schmeckt besser als der Duft von Haut, und so gesehen ist der rote Präser verlorene Liebesmüh. Honigguts Gesicht leuchtet vor Zärtlichkeit, als er in mir ist, seine dunklen Augen versenken sich in meine und fallen durch sie hindurch wie in einen See, auf dessen Grunde sie liegen bleiben. Hätte mir jemand vor zwanzig Jahren davon erzählt, ich hätte laut gelacht. So ein gutes Leben, und es ist meins.

Als wir fertig sind, rutsche ich vom Bett und stelle mich vor den großen Wandspiegel, der mein Feind ist, denn was ich sehe, ist nicht toll. Ein Reißverschluss aus kräuseliger Haut, der von der Taille bis zum Bauchnabel verläuft und auf vergangene Schwangerschaften hindeutet. Die Brustwarzen viel zu groß. Die Oberschenkel gewaltige Schinken, eine Krampfader verläuft über dem rechten Knie. Die Augen immer und immer fragend, das Kinn unfertig, selbst mit vierzig noch. Hängebacken. Schlupflider. Ich bin nicht hübsch, bin es nie gewesen, aber etwas an Honiggut flüstert es mir dennoch ein und hält sich hartnäckig, ich darf nur nicht vor dem Spiegel stehen. Wie macht er das? Ich drehe mich zu ihm um. Er liegt faul auf dem Rücken und guckt mir beim Betrachten zu.

»Wie schaffst du es nur immer, dass ich mich so hübsch fühle?«, frage ich ihn neckisch, aber er antwortet ernsthaft und ohne jedes Theater: »Weil du es bist.«

Oft, wenn ich auf der Straße kleine, verhuschte Frauchen mit ihren bullig dreinblickenden Ehemännern sehe, denke ich: Das sind vielleicht die glücklichsten Menschen.

Und dann, dann gehen wir an den Strand, dorthin, wo wir immer sind, in die Nähe des Welldachhäuschens, wo der Strandkorbonkel seine Strandkörbe vermietet und Getränke und heiße Bockwürstchen verkauft. Ich entdecke Juliane schon von weitem, ihren pinkfarbenen Badeanzug mit den Rüschen an den Ausschnitten, ihren kleinen braunen Rücken. Sie ist damit beschäftigt, einen Tunnel durch eine Sandburg zu graben; aus Erfahrung weiß ich, dass sie solange weitermachen wird, bis die Burg an vier Seiten von Tunneln untergraben ist, die sich in der Mitte treffen. Ihre große Schwester liegt bäuchlings daneben, auf ihrem roten Badelaken, in ihrem allerknappsten roten Bikini, die Stirn auf den verschränkten Armen, so weiblich schon und doch noch so zart.

»Hast du dich auch eingecremt?«, frage ich streng, und sie hebt den Kopf, verdreht die Augen und stöhnt: »Mama!« Honiggut grinst, und auch ich muss unwillkürlich lächeln. Ich weiß ja, dass ich eine Glucke bin. Ich bin, was ich im Leben nicht von mir gedacht hätte, eine Glucke geworden.

Später gehen Honiggut und die Kinder ins Wasser, wo sie sich lange Zeit mit der halb kaputten Luftmatratze amüsieren, sich drauflegen und wieder runterrollen, nach ihr jagen, sie untertauchen. Oder die Kinder legen sich kichernd auf sie drauf, und Honiggut bohrt von unten seinen Seehundskopf dagegen, bis sie schreiend und quietschend ins Wasser purzeln. Ich sehe ihre weißen Zähne blitzen, ich höre von ferne ihr Gegacker, und wohlige Schauer rieseln mir den Rücken hinunter.

Schließlich ist es sechs, und wir packen unsere Sachen zusammen, was wie jedes Mal nicht ohne Streit abgeht, weil vereinzelte Uno-Karten im Sand liegen und Julianes Brille nicht im Etui steckt und Kathrin das Magnum-Papier einfach in den Sand hat fallen lassen, statt es in den Mülleimer zu werfen. Aber am Ende haben wir alles zusammen und marschieren im Gänsemarsch, mit dem zusammengerollten Badezeug, der Luftmatratze, der Schaufel, dem Ball, der vollgepackten Badetasche unter den Armen, mit wirren Haaren, ölschimmernder Haut und sandverkrusteten Füßen durch die Dünen zur Strandpromenade und seitlich am Restaurant vorbei zu unserem Appartementhaus.

»Heut Abend werde ich mit ihnen ins Wasser gehen«, raunt Honiggut mir zu. »Aber sag noch nichts, ich will sie überraschen.«

Angst schießt in mir hoch, heiß wie eine Stichflamme, aber ich lasse mir nichts anmerken, ich frage: »Heute Abend? Wann denn heute Abend?«

»Wenn wir aus dem Restaurant kommen. Gegen zehn. Vorher hat es keinen Sinn, weil es noch zu hell ist.«

»Ich will das nicht, dass du im Dunkeln mit ihnen ins Meer gehst. Pool ist okay. Aber nicht das Meer.«

»Aber wir haben hier nun mal keinen Pool. Und wir haben das bislang noch in jedem Urlaub gemacht, dass wir nachts einmal schwimmen gegangen sind.«

»Aber nicht im Meer!«
Honiggut zuckt mit den Achseln. »Hast du Angst? Da kann nichts passieren. Ich bin ja bei ihnen.«
Darauf erwidere ich nichts, und wir marschieren ohne ein weiteres Wort ins Haus und zum Fahrstuhl, um uns in den dritten Stock befördern zu lassen. Ich denke bang: Vielleicht vergisst er es ja, wenn er erst mal ein paar Glas Wein getrunken hat. Vielleicht ist es um zehn ja auch zu kalt, um noch schwimmen zu wollen.

Aber natürlich vergisst er es nicht. Er vergisst selten etwas. Wir waschen und hängen unsere Badesachen zum Trocknen auf, wir räumen ein bisschen auf, wir duschen, wir machen uns schön, wir suchen uns ein nettes Restaurant, wir kabbeln uns um die besten Plätze, diejenigen mit Aussicht auf die Strandpromenade, wir essen genussvoll, trinken viel Wein, wir schütteln den Kopf über den langsamen Kellner, wir verlassen das Restaurant und bummeln heimwärts, bewundern den sternenklaren Himmel, aber genau in dem Augenblick, in dem ich in die Hände klatschen und glücklich sagen will: »Und wer hat nun Lust, gegen mich im Rommé zu verlieren?«, kommt Honiggut mir dazwischen und fragt: »Was ist – gehen wir schwimmen?«, und die Kinder machen einen Luftsprung und schreien: »Ja! Ja!«, und in mir entsteht ein Gefühl, als müsste ich weinen, so hoffnungslos ist das alles.

Widerwillig folge ich ihnen an den Strand, der jetzt dunkel daliegt, einsam, mit ordentlich nach Osten ausgerichteten Strandkörben, mit schwarzem, gräulich aufblitzendem Wasser und dem Sand, der unangenehm kalt in die Sandaletten und unter die nackten Füße gerät.

»Kommst du auch mit?«, fragt Honiggut, während er und die Kinder sich ausziehen, die Sachen legen sie auf das Tretboot, das im Sand liegt, da werden sie nicht feucht. Spröde erwidere ich: »Nein, ist mir zu kalt«, und er fragt nicht nach, wartet ungeduldig, bis die Kinder so weit sind, und rennt dann drauflos, überlaut »No risk, no fun« schreiend, bevor er sich in die Wellen wirft, und das ist auch ein bisschen zum Kotzen, dieses »No risk, no fun«. Als ob er etwas Besseres wäre.

Kurz überlege ich, mich aufs Boot zu setzen und den dreien beim Schwimmen zuzusehen, aber allein schon die Vorstellung ist mir zu viel, und außerdem brauchen sie nicht zu meinen, ich würde hier Trübsal blasen, das tue ich nämlich nicht. Und so laufe ich drauflos, der Landungsbrücke entgegen, die mehrere hundert Meter entfernt ins Meer ragt. Die drei im Wasser bemerken das noch nicht mal. Der Strand ist leer bis auf ein paar Jugendliche. Sie sitzen in loser Runde im Sand und hören Eminem aus einem Ghettoblaster, den sie in die Mitte gestellt haben, daneben liegen ein paar Flaschen. Einer der Jungen hat seinen Kopf in den Schoß eines Mädchens gelegt und lässt sich von ihr das Haar streicheln. Sie beachten mich nicht, und ich marschiere in großem Bogen um sie herum und weiter geradeaus, der Landungsbrücke entgegen, an der Cocktailbar vorbei, die hell und voller Menschen ist, unter der Brücke hindurch und immer weiter, in die Dunkelheit hinein, und mit jedem Schritt leert sich mein Kopf und leert sich und leert sich, bis ich endlich diesen dumpfen Geisteszustand erreicht habe, den ich so liebe, weil er mir das Gefühl gibt, ganz bei mir zu sein, ob das nun stimmt oder nicht.

Irgendwann aber, da habe ich die Landungsbrücke längst hinter mir gelassen, fällt mir ein, dass es Zeit ist umzukehren, und das tue ich auch, aber ungern, wie ich feststelle. Ich hätte Stunden so weitergehen mögen. Viel zu rasch habe ich die Brücke passiert, und bald schon erkenne ich das Tretboot in der Ferne und die zappeligen Gestalten der Kinder drum herum, und als ich näher komme, höre ich Honigguts leicht gereizte Stimme, die »Deine Schuhe, Kathrin« sagt und »Tritt mir nicht dauernd gegen die Ferse«. Dann entdeckt eins der Kinder mich und ruft: »Da hinten kommt Mama«, und sie drehen sich alle drei nach mir um, die Kinder wedeln mit den Armen und schreien: »Das war toll, Mama!«, und Honiggut ruft: »Wo bist du gewesen, wir haben dich gesucht!«, und das ist so nett eigentlich, wie sie nach mir Ausschau halten und sich Gedanken um mich machen. Aber ich verhärte mein Herz. Ich warte, bis ich bei ihnen angekommen bin, und dann sage ich ganz leicht und heiter: »Ach, ich bin nur einen trinken gegangen, da hinten, an der Cocktailbar.« Und freu mich, wie verdutzt sie gucken.

Christiane Dieckerhoff
Eine Gutenachtgeschichte

Mama, liest du mir eine Geschichte vor?«
»Gleich, erst räumst du dein Zimmer auf.« Anne stellt die Teller in den Schrank. Ein letzter Blick in die Runde, bevor sie das Licht in der Küche ausschaltet. Noch schnell die Kleine ins Bett und dann Feierabend.
»Ich bin fertig.« Kathrinchen steht vor ihr, strahlt. Sie hüpft von einem Bein aufs andere.
»So schnell?«
»Du kannst ja gucken kommen.«
»Sieht wirklich nicht schlecht aus.« Anne klaubt eine Unterhose vom Fußboden, einen roten Strumpf, einen blauen.
»Wo sind die anderen?« Suchend schaut sie sich im Zimmer um. Ein Schulterzucken ist die Antwort. Na ja, Haus verliert nichts, denkt sie. Eigentlich müsste sie es besser wissen, schließlich hat sie eine Schublade voll einzelner Socken.
»Hast du dir schon die Zähne geputzt?«
»Mhm ...«
»Mhm ja, oder Mhm nein?«
»Mhm nein, aber dann liest du mir eine Geschichte vor.«
»Mhm.«
»Mhm ja, oder Mhm nein?«
Anne lacht und gibt Kathrinchen einen Klaps auf den Po. »Frechdachs.«
»Du kriegst mich nicht.« Kathrinchen läuft quiekend ins Bad.
»Mama?«
»Putz dir die Zähne.«
»Was heißt Fotze?«
»Was hast du gesagt!?«
»Was heißt Fotze?«
»Woher hast du das Wort?«
»Marvin hat das gesagt.«
»Natürlich, Marvin. Zu wem hat er das denn gesagt? Zu dir?«
»Mhm ...«
»Mhm ja, oder Mhm nein?«
»Mhm ja, ... Ist es ein böses Wort?«

»Ja, ein ganz böses.«
»Dann ist ja gut.«
»Was ist dann gut!?«
»Ich hab' ihn geschubst.«
»Du hast ihn geschubst? Weil er das Wort zu dir gesagt hat?«
»Fertig, liest du mir jetzt die Geschichte vor?«
Kathrinchen rennt an Anne vorbei, springt mit einem Satz, der die Bettfedern ächzen lässt, ins Bett. Anne folgt ihr und setzt sich auf die Bettkante.
»Ich hab' dich was gefragt.«
»Mhm ... ja«, antwortet Kathrinchen. Aufmerksam beobachtet sie ihren Zeigefinger, der ein kleines Loch in der Bettdecke weitet.
»Ich glaub' dir kein Wort, und lass die Bettdecke.« Anne bemüht sich um eine strenge Stimme. Es fällt ihr schwer, Kathrinchen guckt schräg von unten nach oben und hat ihr Herzschmelzegesicht aufgesetzt.
»Kuscheln wir beim Vorlesen?« Ihre Stimme ist ganz klein.
»Komm her, du Racker.« Anne legt sich auf die äußerste Kante des Kinderbetts, trotzdem ist nur wenig Platz für Kathrinchen, aber die braucht nicht viel. Warm drückt sich der kleine Po gegen Annes Bauch. Sie schließt die Arme um ihre Tochter.
»Wo ist das Buch?« Suchend wandert ihr Blick über das Regal.
»Unterm Bett?« Ihre Hand tastet den Fußboden am Bett ab.
»Warte mal.« Sie richtet sich auf und kniet neben dem Bett nieder.
»Nicht unters Bett gucken!« Kathrinchen ist ebenfalls aus dem Bett gesprungen. »Ich schau nach.« Schon ist ihr Oberkörper unter dem Bett verschwunden. »Ich hab's!« Kathrinchen taucht mit einem Buch in der Hand wieder auf.
»Geh mal zur Seite.«
Die finsteren Blicke ihrer Tochter ignorierend, legt sich Anne auf den Bauch, riskiert ebenfalls einen Blick unter Kathrinchens Bett.
»Das nennst du aufräumen!?«
»Mhm ...«
»Mama«, Kathrinchen gähnt und reibt sich die Augen. »Ich bin sooo müde. Kann ich nicht morgen aufräumen?«
Anne denkt an ihr Buch, an die Flasche Wein, die schon geöffnet ist. Sie denkt an den Kampf, den es kosten wird, Kathrinchen jetzt zum Aufräumen zu zwingen. Du bist eine schlechte Mutter, ihr besseres Ich wendet sich schaudernd ab.

»Na gut, weil du so müde bist und es schon spät ist. Aber morgen stehst du eine halbe Stunde eher auf und räumst dein Zimmer ordentlich auf.« Anne betont jede Silbe von ordentlich, es wirkt strenger. Jedenfalls hört es sich für sie so an. Sie ist zufrieden mit ihrem Kompromiss, ihr besseres Ich auch. Es weiß, wie sehr Anne morgens um jede Minute kämpft.

Ihr innerer Schweinehund zuckt nur mit den Schultern, besser ein halber Sieg als gar keiner. Er ist nicht dogmatisch, außerdem ist noch nicht morgen und noch nicht sieben Uhr. Er wedelt mit dem Schwanz.

Anne bemerkt es nicht. Sie liegt wieder mit ihrer Tochter im Bett, eng aneinandergekuschelt, bereit zu lesen.

»Mama?« Kathrinchen dreht sich um und zieht Annes Pulli hoch. »Da war ich doch mal drin, oder?« Ihre Hand klatscht auf Annes nackten Bauch.

»Uhh, du hast kalte Hände.«

»Und so bin ich rausgekommen, nicht wahr.« Kathrinchen dreht sich um und strampelt sich kopfabwärts an Annes Bauch entlang.

»Aua, pass doch auf.« Anne zieht die Bettdecke zur Seite. Ihre Tochter strahlt sie an, dann runzelt sie die Stirn.

»Du blutest«, stellt Kathrinchen fest. »Hast du auch geblutet, als ich aus deinem Bauch rausgekommen bin?«

»Mhm, aber nicht an der Lippe. Hol mir mal ein Stück Klopapier.« Anne fährt mit ihrer Zunge über die Oberlippe, während sie auf ihre Tochter wartet. Kathrinchen beeilt sich, triumphierend zieht sie eine lange Fahne Toilettenpapier hinter sich her.

»Hier. Wo hast du denn geblutet?«

Anne tupft sich das Blut von der Lippe, mit der anderen Hand greift sie nach dem Märchenbuch. Sehnsüchtig denkt sie an ihren Krimi und den Wein. Vielleicht noch etwas von dem Käse dazu, den sie heute Morgen gekauft hat? Reiß Dich zusammen, ihr besseres Ich hatte auch schon leichtere Tage mit ihr.

»Willst du jetzt eine Geschichte hören oder nicht?«

»Mhm …«

»Mhm ja, oder Mhm nein?«

»Mhm ja«, antwortet Kathrinchen und kuschelt sich wieder an Anne.

»Also, es waren einmal vor langer, langer Zeit, ein König und eine Königin, die … Scheiße, wer ruft denn um diese Zeit an?« Anne steht auf.

»Ist Fotze so schlimm wie Scheiße?« Kathrinchens Daumen hat den Weg in ihren Mund gefunden, deshalb nuschelt sie jetzt etwas beim Sprechen.

»Mhm ...« Anne wartet Kathrinchens Gegenfrage nicht ab. Ihre Füße verheddern sich im Klopapier, als sie durch den Flur läuft. Sie hört ihre Stimme vom Anrufbeantworter. »Sie sind verbunden mit dem An...«

»Ich komme schon«, ruft sie, als würde das Sinn machen. Natürlich hört sie nur noch das Freizeichen, als sie endlich den Hörer in der Hand hält.

Wütend legt sie auf. Ihr Blick fällt ins Wohnzimmer.

Auf dem Glastisch liegt ihr Krimi, das Licht der Leselampe bricht sich im Schliff des Rotweinglases.

Wenn sie die Augen schließt, tief einatmet, ahnt sie den Duft des Rotweins.

Wenn sie die Augen fester schließt, tiefer einatmet, ahnt sie den Duft des Käses aus dem Kühlschrank.

Wenn sie ... Übertreib nicht, sagt die Stimme ihres besseren Ich. Der innere Schweinehund knurrt und zieht den Schwanz ein. Anne geht zurück zum Kinderzimmer. Glück muss man haben, denkt sie, als sie die zusammengerollte Gestalt ihrer Tochter sieht. Diesmal knurrt ihr besseres Ich, der innere Schweinehund wedelt mit dem Schwanz und hilft ihr, die Kleine zuzudecken. Leise schleicht sie aus dem Zimmer, löscht das Licht. Sie spürt schon die Kombination von Käse und Wein auf ihrer Zunge. Schade, dass ich keine Weintrauben habe, schießt es ihr durch den Kopf, blaue Trauben wären gut. Im Flur sammelt sie die Reste des Toilettenpapiers ein.

Nur noch schnell zur Toilette, dann gehört der Abend ihr.

»Mama?!«

Andrea Mecke
Karotte zum Frühstück
Aus dem Tagebuch der Anna D.

Montag, 14. Juli

0.30 Uhr
Mir bleiben noch sechs Stunden Schlaf, bevor mich das platschende Geräusch nackter Kinderfüße wecken wird, begleitet vom leisen Rascheln einer Windel. Ein warmes, weiches Wesen mit leichtem Pipi-Geruch wird dann in mein Bett klettern und mir freundlich, aber bestimmt mitteilen, dass der Tag angefangen hat – so wie jeden Morgen.
   Ob ich mich auf diesen Moment freue oder ob mir vor ihm graust – ich weiß es selbst nicht. Egal. Er bedeutet auf jeden Fall das unbarmherzige Ende meines Nachtschlafes, den ich darum jetzt schleunigst beginnen sollte. Ich kann aber nicht.

1.05 Uhr
Immer noch nicht. Und niemand ist da, den ich deswegen annörgeln kann. *Da* schon, aber nicht *wach*. Und dieses Schnorcheln im Nachbarbett ist eher kontraproduktiv.

1.15 Uhr
Ich glaub', ich hole mir jetzt was zu essen. Das hat früher immer geholfen. Comics lesen auch.

1.30 Uhr
Ehekrise. Ob ich *wirklich* nachts im Bett Zwieback essen müsse. Ob ich *bitte* so freundlich sein könne, das Licht auszumachen. Ob ich eigentlich *wisse*, dass es halb zwei sei.
   Kein Mitleid, als ich meine Schlaflosigkeit beklage. Keine Einsicht, als ich auf die heilende Wirkung einer Scheibe Brot und eines Micky-Maus-Heftes hinweise. Und kein Erbarmen, als ich die ergreifende Mitteilung mache, dass kein Brot mehr da sei und ich deswegen alten Zwieback essen müsse.
   Ob mir eigentlich aufgefallen sei, dass ich nicht allein sei in diesem Raum? Falls nicht, wolle er mich nun in aller Form darauf hin-

weisen, dass er an meiner Seite liege. Er zumindest wolle schlafen und könne dies auch, wenn man ihn ließe.
Damit hat er mir mein Stichwort gegeben. »Sieh es doch mal so: *Du* bist auch nicht mehr allein. Die Frau an deiner Seite kann nicht schlafen und da musst du auch mit durch. In guten wie in schlechten Zeiten!«
»Bis eben hatte ich ausgesprochen gute Zeiten und ich wäre auch gern bereit, diese mit dir zu teilen. Also mach das Licht aus und schlaf endlich.«
Versöhnlich streckt er die Arme nach mir aus. Vielleicht hätte ich jetzt nicht krachend in meinen Zwieback beißen sollen ...

6.28 Uhr
Da naht es, das Morgengrauen. Erst kann ich es hören, dann riechen und fühlen. Fühlt sich eigentlich gut an. Jetzt nicht mehr: Ein nassgesabberter Zeigefinger bohrt sich zwischen meine Lider. Aus der Küche erreichen mich Frühstücksklänge. Geschirr klappert, Julia plappert. Seit sie fünf ist, steht ihr Mäulchen nicht mehr still.
»Lukas, wir müssen aufstehen, Papa und Julia sind schon wach.«
»Das ist mir viel zu anstrenglich«, sagt der Knirps.

8.45 Uhr
Lukas und ich traben erwartungsfroh in den nahegelegenen Gemeindesaal. Dort soll der Volkshochschulkurs »Bewegungsspiele für Kinder« stattfinden. Genaugenommen trabe nur ich. Lukas thront bequem im Buggy, denn der zweijährige Steppke muss seine Kräfte schonen, weil er gleich sportliche Höchstleistungen bringen soll. Ich allerdings schone mich nicht, denn das Gemeindehaus liegt auf einer Berghöhe und wir sind spät dran.
Ich ahne nicht, dass der Kurs eigentlich passender »Bewegungsspiele für Mütter« hätte heißen müssen und dass besser *ich* Kräfte gespart hätte!

9.05 Uhr
In der Garderobe bewegen sich die lieben Kleinen bereitwillig und wieselflink, nämlich um sich ihren Müttern zu entwinden, die ihnen die Sandalen ausziehen wollen. Unglaublich, welch ein Chaos in dem schlauchartigen Vorraum herrscht: Zehn Mütter versuchen vergeblich, ihre Sprösslinge einzufangen, manche haben mangels Babysitter noch ein krähendes Baby mit im umfangreichen Gepäck.

In den überquellenden Taschen erspähe ich Windeln, Kekspackungen, Papiertüten der ortsansässigen Bäckerei, Trinkflaschen, Stofftiere und Unmengen von Socken. Ich selbst habe nur eine Ersatzwindel dabei – und natürlich Socken, ganz neu bin ich ja auch nicht in diesem Metier. Julia ist im Kindergarten – zum Glück, sie hasst Socken!

An diesem drückenden Hochsommertag sind dicke Socken zwar ungefähr so notwendig wie eine Pudelmütze. Aber das stelle ich immer wieder fest: Sobald sich Mütter mit ihren Kindern irgendwo treffen, ziehen sie reflexartig die Schuhe aus und tragen Socken, entweder selbstgestrickte geringelte oder solche mit rutschfestem ABS-Aufdruck aus Gummi. Es muss sich wohl um ein archaisches Ritual handeln. Ich komme ins Grübeln. Legt frau mit ihren Schuhen Ecken und Kanten ab und reiht sich ein in die Herde der Muttertiere? Oder will sie sich so die Flucht erschweren? Wenn ich mal Zeit habe, muss ich herausfinden, ob dieses Phänomen schon wissenschaftlich untersucht wurde. Es würde mich auch interessieren, was Väter in ähnlichen Situationen tun. Tragen sie auch Socken? Oder Turnschuhe? Oder behalten sie einfach ihre Straßenschuhe an? Fragen über Fragen.

9.15 Uhr
Die Kinder haben gegen ihre sockentragenden Mütter auf Dauer keine Chance. Um nicht gleich unangenehm aufzufallen, kleide auch ich die Füße meines Sohnes passend um. Dann setzen wir Mütter uns in einen Kreis und stellen uns und unsere Lauras, Laras, Lenas, Leos und Lukasse vor. Die ersten heulen bereits – Kinder natürlich, nicht Mütter. Sie wollen vermutlich ihre Schuhe wieder haben.

Eine Pädagogin namens Gabi startet einen scheppernden Kassettenrekorder und wir werden aufgefordert uns zu erheben, zu singen und zu tanzen. Ein paar sind hochschwanger und kommen nur mühsam in den Stand. Auf Socken rutschen wir nun im Kreis herum und singen ein sonderbares Lied von einem Wesen namens »Rummelpummel« – ob Mensch oder Tier bleibt unklar. Dieser Rummelpummel geht dem Text zufolge spazieren, was wir Mütter durch heftige Bewegungen mit angewinkelten Armen pantomimisch darstellen müssen. Die mit den kleinen Geschwistern auf dem Arm haben hierbei Probleme und legen die Babys bald auf dem Boden ab, um besser mitmachen zu können. Die Babys wollen aber nicht auf dem Boden liegen, es wird ziemlich laut. Gabi jedoch lässt sich nicht aus dem Konzept bringen. Rummelpummel spaziert munter weiter.

Nach einer gewissen Wegstrecke kommt er dann an ein kleines Haus. Wir Mütter formen mit unseren Händen ein Dach über unseren Köpfen. Rummelpummel klopft daran – die Handbewegung dürfte klar sein. Aus zehn Mütterkehlen erschallt nun im Chor: »Wer schaut heraus?« Die Frage wird sogleich beantwortet. In der ersten Strophe ist es eine schwarze Katze. Zehn Mütter kriechen auf allen Vieren und machen einen Buckel. Für die Schwangeren ist das gar nicht einfach, zum Glück kommt keine nieder, das hätte gerade noch gefehlt. Jetzt nimmt das Lied eine sonderbare Wendung. Die Katze fällt auf einmal um! Ja, sie fällt einfach um, um, um. Die Mütter natürlich auch. Und dann kann ich die immanente Logik des Textes wirklich nicht mehr nachvollziehen. Dann nämlich kommt eine Trommel und macht »bum, bum, bum«. Alle Mütter hauen mit der Faust bei jedem »Bum« auf den Boden.

Regungs- und fassungslos stehen zehn Kleinkinder mit offenen Mäulchen vor ihren sich am Boden wälzenden Müttern und sabbern vor Schreck.

Aber damit nicht genug. Rummelpummel geht nach diesem Misserfolg weiterhin spazieren. Er lernt nichts aus seinen Erfahrungen und klopft immer wieder an das kleine Haus, obwohl alles, was herausschaut, hinterher umfällt.

Nach der dritten Strophe ist es keiner in unserer Runde mehr peinlich. Wir fallen, dass es eine Freude ist uns zuzusehen. Zumindest finden wir das. Die Kinder allerdings tun so, als würden sie uns nicht kennen, und spielen in der Ecke mit Bauklötzen. Manche quälen auch ihre kleinen Geschwister, die wehrlos am Boden liegen.

9. 45 Uhr

Jetzt sind wir so richtig warm, jetzt gehen wir auf Bärenjagd. Dabei sitzt man auf dem Boden und balanciert sein Kind auf den durchgedrückten Knien, so dass es einen ansehen muss, ob es will oder nicht. Dann wackelt man mit den Beinen, bis die Knie schmerzen, und singt, man ginge nun auf Bärenjagd. Mit Armbewegungen illustriert man auch dieses kleine Lied: Man öffnet eine imaginäre Tür, geht durch einen tiefen Wald, durch hohes Gras und auf einen großen Berg. Dann durch einen Sumpf, und zur Illustration dieser Stelle kneift man sich fest in die eigenen Wangen und zieht an der

Haut, was schmatzende Geräusche erzeugt und ziemlich weh tut. Aber für unsere Kleinen ist uns kein Opfer zu groß. Die übrigens hoppeln schweigend auf unseren Kniescheiben und gaffen.

10. 00 Uhr
Mit blauen Flecken an den Beinen und hochroten Wangen legen wir nun eine Pause ein und die Kinder dürfen »veschpern«. Wer es nicht weiß: Zu einem echten »Veschper« für ein Schwabenkind gehört eine Laugenbrezel und klebriger Apfelsaft. Ich hatte nicht damit gerechnet, dass man in einer 90-minütigen Veranstaltung »veschpern« würde. Aus den Tiefen meines Rucksacks zaubere ich daher nur eine Plastikdose mit einer lätschigen Karotte vom Vortag, bei deren Anblick Lukas in jämmerliches Weinen ausbricht und – leider – die Aufmerksamkeit der anderen Mütter auf sich zieht. Vorwurfsvolle Blicke treffen mich, Brezeln werden geteilt, ein Ersatzbecher gefüllt und Lukas fühlt sich wieder wohl. Ich würde jetzt gern gehen.

10.15 Uhr
Als die Kinder auf ihren Stühlchen sitzen, kommt endlich doch noch Bewegung in die faule Bande. Sie zappeln so lange, bis sämtliche Becher umgefallen sind und die Salzbrezeln auf dem Tisch in einer Lache schwimmen.
Uns Müttern ist das zu diesem Zeitpunkt aber egal. Wir beachten unsere Sprösslinge gar nicht mehr, Gabi muss sich um alles kümmern. Wir sind längst auf die bereitgestellten Stühle gesunken und haben unsere Redeschleusen geöffnet. Schließlich ist dies für uns eine der wenigen Gelegenheiten der Woche, mit richtigen, erwachsenen Menschen sprechen zu können – noch dazu über Tabu-Themen wie Trockenwerden, Trotzanfälle oder Trouble beim Einschlafen, mit denen man jede Partygesellschaft in eisiges Schweigen versetzen kann. Alle reden durcheinander, keine hört zu.
Danach dauert es einige Zeit, bis wir unsere Schuhe wieder gefunden haben und den Heimweg antreten können.

10. 45 Uhr
Als ich den Berg hinunterwandele, formuliere ich im Geiste schon meine Abmeldung für diesen Kurs. Der ganze Körper tut mir weh und auch meine Seele schmerzt. Was für ein Menschenbild, speziell was für ein Frauenbild habe ich da meinem Sohn vermittelt! Wie soll er nach »Rummelpummel« je wieder zu seiner Mutter aufsehen

können? Aber da habe ich die Rechnung ohne Lukas gemacht. Er ist wie beschwingt und fragt, wann wir wieder »turnen« würden.

12 Uhr

Im Kindergarten dann gleich die nächste Bewährungsprobe: Als ich Julia abhole, bittet mich die Erzieherin um meine Mitwirkung beim Sommerfest. So freundlich angesprochen, sage ich natürlich sofort jegliche Unterstützung zu.

Leider habe ich vorher nicht gefragt, um was es geht. Aber wer hätte auch ahnen können, dass ich Schnecken stricken soll. Wirklich, sie sagt »Schnecken stricken« und zeigt mir auch gleich ein etwa 15 Zentimeter großes vanillegelbes Exemplar von Helix pomatia strickans, der gestrickten Weinbergschnecke.

»Wenn jede Mutter zehn Schnecken strickt, dann haben wir 250 Schnecken!« Bei diesem Gedanken bekommt die Erzieherin vor Begeisterung rosa Wangen.

»Toll!«, sage ich lahm, ohne genau zu begreifen, worum es geht. Nach einer Weile verstehe ich: Diese Schnecken sollen verkauft werden, der Erlös ist für ein neues Kletterhäuschen für die Kinder bestimmt.

»250 Schnecken, jede für einen Euro, da haben wir die Hälfte schon zusammen!«

Vorsichtig frage ich: »Gibt es denn einen Markt für gestrickte Schnecken? Ich meine, kriegen wir denn 250 Schnecken los?«

»Aber locker«, meint die Erzieherin enthusiastisch. »Wenn jede Mutter zehn Schnecken kauft, dann sind sie schon weg.«

Meine Hand zuckt. Sie zuckt in Richtung Portemonnaie, sie drängt danach, zehn Euro zu zücken und sie der freundlichen Frau zu schenken. Meine Hand will keine Schnecken stricken. Zwei Stunden pro Schnecke bei meinem Stricktempo – das ist ein Stundenlohn von 50 Cent. Meine Hand will auch keine Schnecken kaufen und sie dann jeden Abend im Kinderzimmer aufräumen. Allabendlich zehn gestrickte Schnecken in die ohnehin schon überfüllten Regale meines Kinderzimmers einsortieren – nein danke! Mein innerer Schweinehund flüstert: »Gib ihr die Knete und sag, dass du Arthritis in den Fingerknöcheln hast.«

Da fällt mein Blick auf meine kleine Tochter.

Ich bin selbst erstaunt, als ich mich sagen höre: »Was für eine gute Idee«, und verspreche, bis zum Wochenende zehn selbstgestrickte Schnecken zu bringen.

13 Uhr
Beim Mittagessen fragt Tom, wie es im Gemeindehaus war. Ich will eigentlich nicht darüber sprechen und versuche, das Thema zu wechseln. Aber Lukas führt zu meinem Entsetzen den gesamten Rummelpummel vor. Zum Glück denkt Tom, die Kinder hätten dieses Lied dort einstudiert und wir Mütter hätten nur wohlwollend am Rande gesessen und zugeschaut. Er beglückwünscht mich zur Wahl dieses Kurses, der dem Kleinen sichtlich Freude zu machen scheint. Mir wird klar, dass ich aus dieser Sache nur schwer wieder herauskommen werde.

14 Uhr
Meine Stimmung ist bereits gedämpft, als ich mich nachmittags mit meinem Strickzeug in den Garten setze.

23 Uhr
Vor mir liegen vier Schnecken. Diese drei Schnecken haben Löcher, nämlich da, wo ich Maschen zu ungleichmäßig und zu locker gestrickt habe. Und aus diesen Löchern quillt weiße Füllwatte.
Kein Mensch wird solche Schnecken kaufen. Sie werden bis zuletzt auf dem Verkaufstisch liegen, zu meiner Schande und der meiner Kinder. Offenbar habe ich am Leben vorbei studiert. Ich kann zwar jede Schnecke genau bestimmen, Gattung und Art, aber stricken kann ich sie nicht. Was soll aus meinen armen Kindern nur werden?
Ich bin hundemüde und vertage das Problem auf den nächsten Tag.

Dienstag, 15. Juli

6.27 Uhr
Nachtigall, ick hör dir trapsen. Macht nichts, ich bin sowieso schon seit ein paar Minuten wach. Tom nicht. Der sieht verquiemelt aus und schläft verbissen weiter. War wohl spät gestern. Warum lag mein Tagebuch eigentlich auf seinem Nachttisch? Er wird doch nicht ...? Nee, glaub' ich nicht. Na, dann mach' ich jetzt mal Frühstück.

6.32 Uhr
Auf dem Küchentisch liegen sieben Schnecken. Alle haben Löcher, aus denen weiße Füllwatte hervorquillt. Ich glaub', ich muss jetzt mal eben meinen Mann küssen.

Samstag, 19. Juli

19 Uhr
Toms Schnecken waren beim Sommerfest nach wenigen Minuten als Erste weg. Ich habe sie gekauft. Die Kinder allerdings haben keine davon bekommen. Sie stehen jetzt auf meinem Schreibtisch, mehrmals am Tag ruht mein Auge wohlgefällig auf ihnen und ich denke an Tom.

Christiana Priplata-Harand
Libes Kristkint

Fünf Ts waren genug, fand Lisa: t-t-t-t-t, das klang gut, das hörte sich ganz und gar unweihnachtlich an. Ein Christkind mit einem K und fünf Ts war Unsinn. Deshalb würde sich durch ihren Brief niemand angesprochen fühlen. Sie könnte ihn eigentlich auch mit »Lieber Ochs und Esel im Stall« beginnen, überlegte sie. Das hätte denselben Effekt. Aber nein, ihre Hausaufgabe war es ja, einen Brief an das »liebe Christkind« zu schreiben. Aber ein Christkind gab es nicht, und ein liebes Christkind schon gar nicht, also wozu mit dem e in »lieb« unnötig Tinte verschwenden? Libes Kristkintttt!

Und jetzt?

Lisa hätte vorhin gern noch ein sechstes T an die fünf Ts angehängt. Stattdessen begnügte sie sich nun mit vier Ausrufezeichen. Es gab keine schöneren Satzzeichen als Ausrufezeichen. Ein Punkt war so langweilig, so leicht zu überhören. Das Ausrufezeichen wollte wahrgenommen werden. Es verlieh allen vorangegangenen Wörtern Gewicht, es schrie Sätze in eine Welt hinaus, in der man mit schreien gute Chancen hatte, ernst genommen zu werden.

Lisa schrieb ihre Ausrufezeichen nicht, sie malte sie. Gedankenverloren. Das erste passte exakt in die Zeile. Das zweite stand schief. Das dritte war doppelt so groß wie das erste. Und das vierte dreimal so dick. Lisa fuhr mit ihrem Füllhalter langsam den Strich des vierten Ausrufezeichens auf und ab. Den Punkt darunter setzte sie so verbissen, dass er sich als Einkerbung auf die nächsten drei Seiten ihres Hausaufgabenheftes durchdrückte. Der unsichtbare Punkt prangte wie eine Narbe in ihren zukünftigen Aufgaben. Ihre ganze kindliche Wut entlud sich in diesem vierten Ausrufezeichen.

Ein hartes Christkind-T für jeden Lacher von Thomas, jedes blöde Haha ihres Bruders.

Mama hatte eingreifen wollen, das wusste sie. Hatte sie vor seinem Angriff schützen wollen. Aber Mama war zu spät gekommen. Thomas war schneller gewesen. Lauter. Und überzeugender.

»Hahahahaha, du dumme Nuss«, hatte ihr Bruder gerufen. »Das Christkind ist doch nur was für Babys! Es gibt kein Christkind!«

Ein hartes Christkind-T für jede Silbe. T wie Thomas.

Der fette Punkt unter dem vierten Ausrufezeichen als Strafe für acht Jahre Lügen. Ein dunkler Fleck auf dem strahlend weißen Papier ihres Heftes, auf das sie so stolz war. Bunte Zierleisten hatte sie unter jede Aufgabe gezeichnet. Fehler gab es kaum. Schließlich schrieb sie jede Übung für gewöhnlich zuerst auf einen Zettel, bevor sie fein säuberlich ins Heft übertragen wurde. Zwei freie Zeilen, um ihrer Lehrerin Platz für das knallrote »Sehr brav« oder »Gut gemacht« zu lassen, dann die Zierleiste, zwei freie Zeilen, dann die nächste Übung.

Diesmal hatte Lisa auch die zwei freien Zeilen vergessen. Direkt unter der Zierleiste, die sie passend zur Jahreszeit mit Schneemännern gefüllt hatte, begann die neue Aufgabe. Der Brief an das Christkind. Das vierte Ausrufezeichen stand drohend mitten im Heft. Lisa legte den Füllhalter beiseite und starrte das blauschwarze Mahnmal an. Die Tinte war verronnen und hatte die Schneemänner darüber blau befleckt. Nie wieder würde sie so schöne Hausaufgaben abliefern können wie »Die Schneeballschlacht« oder »Ein Spaziergang im Herbst«. Das wusste sie.

Was bildeten die sich ein? Wie konnten sie ihr acht Jahre lang Lügen auftischen? Von einem Wesen, das die Menschen jedes Jahr zu Weihnachten beschenkte? Das alle Menschen auf der ganzen Welt liebte? Zu dem es sich jeden Abend zu beten lohnte? »Liebes Christkind, mach mich fromm, dass ich in den Himmel komm …«

Dieser Vers gefiel Lisa zwar überhaupt nicht, aber den Reim und den Rhythmus hatte sie sich eingeprägt. Aus dem Mund des Pfarrers im Religionsunterricht hatte er sich wie eine Formel angehört. In dieser Stunde hatte er ihnen verschiedene Gebete vorgelesen. Das Vaterunser war auch darunter gewesen. Aber das hatte sie nicht interessiert. Sie wollte keinen Vater im Himmel. Wozu auch, sie hatte schließlich einen in der Wohnung. Aber ein Kind, das auf alle Menschen aufpasste, und ganz besonders auf sie, das hatte ihr gefallen. Mit dem hatte sie sich angefreundet. Sie stellte es sich einfach als ihren ständigen Begleiter vor, ihren Schatten, der nie von ihrer Seite wich. Mit dem plauderte sie. Jeden Tag.

Ihr Christkind kam nicht einfach nur zu Weihnachten durchs Wohnzimmerfenster hereingeflattert. Lisas Christkind arbeitete auch im Hochsommer. Es hielt die Welt im Lot. Es trennte die Guten von den Bösen. Es war die Schranke, die man überwinden musste, wenn man jemandem Unrecht tat. Es verstand alle Sprachen dieser Welt. Und jeden Abend vorm Einschlafen hörte es ihr zu. Es erfüllte ihre Wünsche, nicht alle natürlich, und es beschützte sie und Mama und Papa – und meistens auch Thomas.

Thomas. Der ihr die Wahrheit wie einen nassen Lappen ins Gesicht geschleudert hatte. Als Lisa Mama erzählte, dass sie für die Schule einen Brief ans Christkind schreiben sollte. Der nur laut gelacht hatte und ihren schützenden Wegbegleiter mit fünf Wörtern ins Nichts verpuffen ließ. Aus. Vorbei. Es gibt kein Christkind. Es hatte nie eines gegeben. Und alles, was Mama ihr nach der schmerzhaften Aufklärung durch den Bruder noch an Beschwichtigung zuflötete, konnte diese Erkenntnis nicht mehr umstoßen. Ihr Bruder hatte sie lachend durch eine Tür gezerrt, die verschwunden war, als sie sich umdrehte. Sie konnte nicht zurück. Kein Christkind, kein Gut und Böse, kein Recht und Unrecht, kein Schutz, kein Garnichts. Und jetzt sollte sie aus den Trümmern ihrer Weltanschauung ein Bittgesuch verfassen an jemanden, den es gar nicht gab. Wozu?

Lisa lehnte über ihrem Heft und biss sich auf die Unterlippe. Das tat weh. Das tat gut. Da kamen die Tränen von einem eindeutig zuzuordnenden Schmerz.

Was jetzt? Sollte sie ihrem nicht vorhandenen K- und 5-T-Christkind schreiben, welches Spielzeug sie in zwei Wochen gern unterm Christbaum vorfinden würde? Dass sie die Ritterburg doch lieber hätte als die rosa Jeans? Dass sie zu Weihnachten gern wieder Schnee sehen würde?

Schwierig. Das war Lisas erster offizieller Brief an das Christkind. Letztes Jahr hatte sie ihre Wünsche nur schnell auf einem Zettel deponiert. Und ansonsten hatte sie ihre Wünsche immer mündlich über ihre Eltern bekannt gegeben. Bedankt hatte sie sich auch immer auf diese Art und Weise. Und ansonsten ging ihre Zwiesprache mit dem Christkind niemanden auf der Welt auch nur das Geringste an.

Libes Kristkinttttt!!!!

Zornig strich Lisa diese Anrede durch. »So ein Quatsch!«, murmelte sie. Dann setzte sie zwei Zeilen weiter unten an und schrieb in ihrer allerschönsten Schrift:

»Liebes Christkind!

Ich wünsche mir, dass es dich wirklich gibt.«

»Wieso wünschst du dir denn nicht die Ritterburg?« Sophie, die Banknachbarin, sah von Lisas Schulheft auf.

»Ich dachte, du willst unbedingt diese große Burg mit den Gespenstern, die im Dunkeln leuchten.«
»Ach so, ja.« Lisa nickte. »Die hab ich ganz vergessen. Das muss ich dann noch dazuschreiben.«
»Aha«, sagte Sophie. »Und die vielen anderen Sachen? Die darfst du dir alle wünschen? Die Puppe, die Bücher, die Skiausrüstung, die Computerspiele, die Bettwäsche, die Malsachen?«
Sophie las ehrfürchtig Lisas lange Wunschliste vor.
Lisa hob die Schultern. »Weiß ich nicht. Aber irgendwas muss ich doch hinschreiben, oder?«
Nicht einmal Sophie würde sie jemals ihren Original-Brief ans Christkind zeigen. Der befand sich im Hausaufgabenheft, das ab sofort für immer als verschollen gelten würde. Den Brief mit Malsachen, Puppe und allem anderen hatte sie in ein neues Heft geschrieben, das sie ab nun als Hausaufgabenheft zu führen gedachte. Das alte Heft mit der durchgestrichenen Christkind-Anrede und dem Wunsch, der jeden Leser viel zu tief in sie hineinblicken ließ, würde sie nie mehr in die Schule mitnehmen.

Unter den neuen Brief hatte sie eine Zeile mit bunten Christbaumkugeln gezeichnet. Dazwischen sollte die Lehrerin ruhig ihr rotes »Sehr brav« hineinschreiben. Unter diese ausführliche, in fünf Minuten hingekritzelte Wunschliste, in der nicht einmal die Ritterburg vorkam, die sie tatsächlich gern haben wollte.

»Glaubst du, dass es das überhaupt gibt?«, fragte Lisa Sophie.
»Dass es was gibt?«
»Das Christkind.«
»Nein.« Sophie kicherte. »Das machen doch alles nur unsere Eltern.«
»Ja, ja«, sagte Lisa ungeduldig. »Aber früher? Da hast du doch auch geglaubt, dass das Christkind die Geschenke bringt und so, oder?«
Sophie dachte nach. »Ich kann mich nicht erinnern. Ich glaube, dass das Christkind nicht wirklich ist. So wie Rotkäppchen und der böse Wolf. Oder wie Frau Holle. Die sind ja auch alle nicht wirklich.«
»Aber das Christkind ist doch etwas ganz anderes als Rotkäppchen«, sagte Lisa. »Das ist bloß ein Märchen. Und an Frau Holle können wir ja keine Briefe schreiben.«
»Warum nicht?«, fragte Sophie und lachte. »Liebe Frau Holle, bitte mach, dass es schneit!«
Lisa sagte nichts. Sophie und Thomas und die Erwachsenen, sie waren alle gleich. Irgendwie.

»An Lisa.« Keine Adresse, keine Briefmarke, kein Absender. Einfach nur »An Lisa«. Mehr war auf dem weißen Kuvert nicht zu lesen. Lisa ging mit dem Brief neugierig in ihr Zimmer. Sie kannte die Schrift nicht. Vermutlich eine Geburtstagseinladung. Aber von wem mochte die wohl sein?
»Liebe Lisa! Wenn du dir wünschst, dass es mich gibt, dann gibt es mich auch. Du musst nur daran glauben.« Mama war das. Ganz bestimmt. Oder Papa vielleicht. Die konnten so etwas am Computer schreiben. Und die brauchten keine Briefmarke, um einen Brief auf Lisas Schreibtisch schicken zu lassen. Ganz klar, eigentlich. »Aber warum wissen sie von meinem ersten Brief?«, überlegte Lisa. Schließlich hatte sie doch den anderen, den normalen, den durchschnittlichen, den falschen Wunschbrief ihrer Mutter nach dem Abendessen noch zum Durchlesen hingelegt. Wäre ja möglich, dass man Skischuhe auch mit ie schreibt. So wie das »lieb« vorm Christkind. Da zog sich das i doch auch so in die Länge. Aber nein, Mama war zufrieden gewesen. Keine Rechtschreibfehler. Und zu lang war ihr die Wunschliste offenbar auch nicht. Zumindest hatte sie nicht einmal gegen den letzten Punkt Protest erhoben, und das waren immerhin die teuren Malfarben.

Mama hatte sie gelobt. Die Lehrerin ebenfalls. Schöner Brief, schöne Schrift, schöne Wünsche. Vom Heft auf ein buntes Blatt Papier übertragen und auf die Pinwand hängen. Zu den Christkindbriefen fünf anderer Kinder. Lisa war nicht stolz darauf. Sie hatte nichts anderes erwartet.

Und jetzt das. Antwort auf einen Brief, den sie niemals abgeschickt hatte. Den sie nicht wie ihren letzten Christkindbrief am Abend auf ihr Fensterbrett gelegt hatte und der dann am nächsten Morgen seltsamerweise verschwunden war. »Du musst nur daran glauben ...« Das war ja überhaupt nicht möglich. Das konnte nicht sein. Sie mussten ihr altes Heft gefunden haben. Aber woher hätten sie wissen sollen, dass sie es in der untersten Schreibtischschublade versteckt hatte? Und wie kamen sie überhaupt auf die Idee, ihr nachzuspionieren?

»Mama!«

Mensch, ich sag's euch, die Lisa ist echt eine doofe Nuss. Voll noch ein Baby. Als ich acht war, war ich nicht so kindisch wie die. Gestern hättet ihr sie sehen sollen. Hat sie ihrer Barbiepuppe die Haare geschnitten. Eh nicht so schlimm. Die Schwester vom Stefan hat das auch gemacht. Aber die Lisa hat ihre Barbie dann ins Ketchup getaucht, weil sie gern eine rothaarige Barbie haben wollte. Meine Güte, ob die jemals noch gescheiter wird? Dann ist diese dumme Tussi auf mein Auto gestiegen. Auf DAS Auto noch dazu! Jetzt kann es nicht mehr nach rechts fahren. Was, glaubt ihr, soll ich mit einem Ferrari anfangen, der nicht nach rechts fahren kann? Schrott! Abfall! Mist! Na, da hab ich's ihr aber gezeigt! Keine Ahnung, ob sie schon bemerkt hat, dass ihre blöde Barbie keine roten Haare mehr hat. Also, das heißt, eigentlich gar keine Haare mehr. Was muss sie auch so in meinem Zimmer herumtrampeln, diese Nervensäge!

Und wisst ihr was? Sie spricht mit ihrem Schatten! Ja, ehrlich! Ich hab das selbst gehört! Dann hab ich sie gefragt. Und sie, die Frau Neunmalklug, erklärt mir irgendwas von wegen Himmel, Sonnenschein und Schutzengel und so ein Zeug.

»Aha, du Schlaumeier«, sage ich. »Und wenn es regnet, was ist dann? Dann siehst du doch deinen Schatten nicht!«

Da hat sie mich komisch angeschaut. So wie mein Mathe-Lehrer. Den hab ich neulich dreimal in einer Stunde dasselbe gefragt. Was weiß denn ich, wie man Brüche dividiert? Hat wohl geglaubt, ich bin komplett plemplem. Und die Lisa hat das wahrscheinlich auch geglaubt. Sie hat nämlich die Augen verdreht und gemeint: »Dann ist er trotzdem da. Nur halt unsichtbar. Den Wind siehst du ja auch nicht, und trotzdem gibt es ihn, oder?«

Uff, was soll ich da schon antworten?

Und wie Mama gestern wieder nur so nebenbei zugehört hat, habe ich mir gedacht, dass es Zeit wird. Mit acht muss man doch bitte aufgeklärt sein, oder? Eben. Womöglich erfährt das sonst der Stefan oder irgendwer anderer aus der Klasse. »Du, stimmt das, dass deine Schwester mit ihrem Schatten spricht und noch immer ans Christkind glaubt?« Na, gute Nacht, mehr brauche ich nicht. Wenn Mama das nicht tut, dann eben ich. Also habe ich gelacht. Eh nicht böse, finde ich. Mehr so wissend. Und laut, sicher, man will ja gehört werden. »Es gibt gar kein Christkind!«, habe ich gesagt. Und irgendwas mit Kinderkram, glaube ich. Puh, da hättet ihr dabei sein sollen! Erst hat sie natürlich »Du lügst!« geplärrt. »Hast du Beweise?«, habe ich gefragt. Und da – war sie stumm. Und ist ins Zimmer gegangen. Herrlich. Am Anfang wenigstens. Dann ist es mir seltsam vorgekommen. Dass sie gar nicht zum Abendessen kommt. Trotz Nutellabrot und so. Dass sie erst nach zwei Stunden mit ihrer blöden Hausaufgabe fertig geworden ist. Sonst braucht sie doch höchstens eine halbe Stunde. Na, jedenfalls hat mir das dann leid getan. Irgendwie. Weil sie wieder so komisch geschaut hat. Aber nicht wie mein Mathe-Lehrer. Sondern so, hm, so enttäuscht. So wie damals, als ich ihr Lego-Haus kaputt gemacht habe. Mir wäre lieber gewesen, sie hätte mir wieder Salz in den Orangensaft geleert. Nach den Legosteinen hat sie das gemacht. Mama hat geschimpft. Mann, ich habe vielleicht gekotzt.

Ich meine, ich wollte Lisa nicht traurig machen. Aber ihr könnt euch nicht vorstellen, wie das ist, wenn eure kleine Schwester stäääändig mit diesem Christkindgetue anfängt. Christkind, hilf mir, Christkind, mach, dass die Sonne scheint, Christkind, lass Mama heute Spaghetti kochen. Wahnsinn, echt! Ich weiß überhaupt nicht, woher die das hat.

Aber seltsam, dass sie dann auf einmal doch noch mit ihrem Wunschbrief aufgetaucht ist. Also eigentlich nicht seltsam, dass sie ihn geschrieben hat, sondern dass sie so lange für die paar Zeilen gebraucht hat. Was hat sie in der Zwischenzeit gemacht? Das hab ich nicht kapiert. Kein Mucks aus ihrem Zimmer. Unheimlich, wirklich! Und dann ist mir plötzlich etwas eingefallen. Nein, aufgefallen. Das Heft. Das Heft, das sie Mama zur Kontrolle vorgelegt hat, war funkelnagelneu. Aber das von gestern Abend kann auf gar keinen Fall schon voll sein. Da war sie doch erst knapp über der Hälfte, ich hab es ja selbst gesehen. Geht mich nichts an, stimmt. Aber ich habe einen Blick für solche Sachen. Papa sagt, wenn ich in Mathe durchfalle, soll ich eben Detektiv werden.

So. Und was macht ein Detektiv, wenn er einen Verdacht hat? Zum Beispiel Lisas Schreibtisch untersuchen, während sie schläft. Sollte ich öfter tun. Ich hab nicht gewusst, dass sie mir zum Geburtstag einen Ferrari schenken wird. Als Zeichnung. »Für Thomas« steht schon darunter. Fein! Noch feiner: Unter dem Ferrari lag es. Das Heft. DAS Heft! Du liebe Zeit, die hat ein schönes Heft. Keine Fehler und nicht ein einziger Tintenfleck. Muss sie mal fragen, wie sie das macht. Okay, und dann habe ich es gefunden. Das heißt, gelesen. Erst ein dick durchgestrichener Satz. Konnte ich nicht entziffern. Sah aber fürchterlich aus mit diesen vielen Ausrufezeichen. Eigenartig, der passte so überhaupt nicht in ihr perfektes Heft. Und dann: »Liebes Christkind, ich wünsche mir, dass es dich wirklich gibt.«

Peng. Da bin ich mir irgendwie dumm vorgekommen. Blödes Gefühl im Magen. Blöder als bei den Legosteinen. Die Legosteine, die gehören uns beiden. Das Heft, das gehört Lisa. Und ganz sicher kein bisschen mir. Und auch nicht Mama und Papa. Ich glaube, das hätte ich auch unter einem Ferrari versteckt. Weil garantiert, das hätte niemand lesen dürfen. Ich schon gar nicht. Irgendwie habe ich mir dann gewünscht, dass ich das mit dem Christkind für Babys nicht gesagt hätte.

Na ja, war schon zu spät. Aber dann ist mir mitten in der Nacht das mit dem Brief eingefallen. Wer um alles in der Welt sagt denn, dass Briefe ans Christkind nicht beantwortet werden können? Nur, bitte, habt ihr schon mal einen Brief vom Christkind bekommen? Eben. Und woher sollen wir dann wissen, wie so ein echter Christkindbrief aussieht? Ich meine, kann es überhaupt Deutsch? Und weiß es, dass wir von links nach recht schreiben? Und vor allem: Was um Himmels willen soll ein Christkind überhaupt schreiben?

Obwohl, so schwer war es dann gar nicht. Mein Deutschlehrer sagt immer, in der Kürze liegt die Würze. Also nur ein paar Wörter. Nur hab ich's am Computer geschrieben, weil die Lisa ja meine Schrift sofort erkannt hätte. Und »An Lisa« hab ich schon so hingekriegt, dass sie nicht draufkommt, dass der Brief von mir ist.

Jetzt bin ich aber total gespannt, wie sie darauf reagiert.

»Wie war das mit der Ritterburg? Ist die nicht schon beim Auspacken kaputt gegangen?«

»Ja, genau. Und die Geister haben im Dunkeln gar nicht geleuchtet. Du liebe Zeit, ich war damals vielleicht neidisch auf dich und deinen ferngesteuerten Ferrari.«

»Ewig her. Wann war denn das?«

»Da muss ich sieben, acht Jahre alt gewesen sein. Das war doch im selben Jahr wie diese Geschichte mit dem Christkindbrief. Erinnerst du dich?«

»Oh, mein Gott, natürlich. Da bist du ja nachher monatelang mit einem Heiligenschein und einem erleuchteten Gesicht herumgelaufen. Damals habe ich wirklich gedacht, du würdest in ein Kloster gehen.«

»Das war wirklich eine hübsche Idee von dir, das mit dem Brief. Erst habe ich es ja für einen Schwindel gehalten, aber dann haben mir Mama und Papa Stein und Bein geschworen, dass sie den Brief nicht geschrieben haben. Dass du dahinter steckst, darauf wäre ich damals nie gekommen. Wann hast du mir das dann eigentlich verraten?«

»Ich glaube, da warst du bestimmt schon vierzehn.«
»Ach ja, und ich wollte dir zunächst gar nicht glauben.«
»Weißt du noch, was ich geschrieben habe?«
»Natürlich. Jedes Wort. Ich habe den Brief doch damals ununterbrochen mit mir herumgetragen. ›Liebe Lisa! Wenn du dir wünschst, dass es mich gibt, dann gibt es mich auch. Du musst nur daran glauben!‹ Kein einziger Brief, den ich seither bekommen habe, hat ...«
»Was!?«
»Wie ›was‹?«
»Was ist das mit ›Du musst nur daran glauben!‹?«
»Was soll damit sein? Ach, komm, du wirst doch wissen, was du geschrieben hast.«
»Allerdings. Der Brief hat mich eine ganze schlaflose Nacht gekostet. Und ich kann dir versichern, Schwesterherz, dass ich damals hundertprozentig nur einen Satz geschrieben habe. Einen einzigen. ›Wenn du dir wünschst, dass es mich gibt, dann gibt es mich auch.‹ Punkt. Mehr war da nicht. Und der war schon schwer genug.«
»Thomas, du willst mir doch nicht weismachen, dass ...«
»Lisa, ich schwöre dir, ich habe das nicht geschrieben. Das musst du damals in deinem kindlichen Übereifer dazugeschrieben haben.«
»Bist du verrückt? Nicht einen einzigen Bleistiftstrich habe ich dazugemalt. Den Brief hatte ich jahrelang in meiner Schultasche in zwei Umschlägen, damit er nur ja nicht kaputt geht. Ich habe ihn jeden Tag zweimal gelesen. Mindestens. Und ich wette: Da standen zwei Sätze. Zwei. Nicht mehr und nicht weniger.«
»Schön, dann wette ich dagegen. Ein Satz. Ein einziger. Hast du den Brief noch irgendwo?«
»Keine Ahnung. Ich glaube schon. Der muss in irgendeiner Schachtel am Dachboden herumliegen.«

»Liebe Lisa!
Wenn du dir wünschst, dass es mich gibt, dann gibt es mich auch. Du musst nur daran glauben. Wunder passieren eben. Frohe Weihnachten.«

Liane Locker
Der Magier

»Ich bin Miro, der Zauberer«, sagte der Mann, als er seinen großen, schwarzen Hut zog und sich vor den Kindern verbeugte. Er verwandelte rote in blaue, grüne in gelbe Tücher, ließ Dinge verschwinden, andere auftauchen, während die Kinder an seinen Lippen hingen, an seinen Händen, mit offenen Mündern und staunenden Augen.

»Ich bin Miro, der Zauberer. Und nun seht, Kinder, schaut her, ganz genau. Abrakadabra, Simsalabim, eins, zwei, drei.« Und sein Zauberstab sauste durch die Luft, und die Köpfe der Kinder folgten ihm, fassungslos, und dann, nachdem die Vorstellung zu Ende war, applaudierten sie, berührt, gebannt, verzaubert, bevor sie schließlich, schweren Herzens, ihrer Wege gingen.

»Ich glaube nicht, dass du zaubern kannst«, sagte ein kleines Mädchen. »Ich glaube, du tust nur so, auch wenn du sagst, du seist ein Zauberer.«

Miro, der sich gerade gebückt hatte, um die große Tasche zu verschließen, jene, die voller Geheimnisse war, blickte auf, direkt in das Gesicht des Kindes.

»Du glaubst nicht, dass ich zaubern kann?«

»Ich glaube du tust nur so. Das habe ich doch schon gesagt.«

Das Mädchen wirkte ungeduldig.

Miro stand auf.

»Was ist mit deinen Eltern? Sie werden auf dich warten«, sagte er, um irgendetwas zu sagen. »Sie werden sich Sorgen machen.«

Das Mädchen rührte sich nicht.

»Ich wohne nicht weit von hier, ich gehe alleine.«

Wieder sah sie ihn an. Erst als er seine Tasche nehmen wollte, kam Bewegung in die Kleine, und sie fasste Miro am Arm, beinahe verzweifelt.

»Du kannst nicht richtig zaubern, stimmt's? Es sind Tricks, Tricks, die ich lernen kann, und dann bin ich auch Zauberer wie du, oder nicht? So ist es doch?«

»Wie heißt du?«, fragte Miro, weil er nicht wusste, was er antworten sollte, und weil er nicht gehen konnte ohne zu antworten.

Das Mädchen ließ seinen Arm los.

»Ich heiße Sophie«, sagte es.
»Ein schöner Name«, erwiderte Miro. »Er ist … etwas Besonderes.«
Sophie schwieg.
»Nun«, Miro räusperte sich, »Sophie … Ich muss dann …«
»Warum antwortest du mir nicht? Ich weiß, dass du nicht zaubern kannst, und doch tust du so. Du tust so, als wäre das blaue Tuch das rote gewesen und das gelbe das grüne, als wäre der Ball vorher dort gewesen und dann dort. Und doch sind es nur Tricks.«
»Und?«
Miro spürte, dass er unsicher wurde, und das ärgerte ihn. Und der Ärger darüber, dass er sich ärgerte, machte das Ganze noch schlimmer und er beschloss, der Sache ein Ende zu machen.
»Natürlich sind es nur Tricks. Das weiß doch jedes Kind. So, und nun gehe ich. Es ist Zeit. Und ich habe keine Lust …«
Er drehte sich um, nahm seinen Mantel. Doch als er sich von Sophie verabschieden wollte, stand sie da, voller Tränen, während sie nichts sagte. Kein Ton war zu hören, doch sie weinte, sie weinte auf eine Art und Weise, wie Miro es noch nie erlebt hatte.
»Sophie!«
Miro ließ seinen Mantel fallen, kniete sich nieder und drückte sie fest an sich. Doch Sophie hörte nicht auf zu weinen, erst nach einer Weile, und Miro nahm ein Taschentuch und trocknete ihr Gesicht.
»Du hast gesagt, das weiß doch jedes Kind«, sagte sie dann und ihre Stimme war leise. »Ich habe es gewusst. Ich bin so froh, dass ich es gewusst habe. Niemand sagt mir die Wahrheit, weißt du. Jeder möchte, dass ich ihm glaube, dass er ein Zauberer ist.«
Miro schwieg.
»Auch du möchtest, dass die Kinder das glauben«, sagte Sophie.
»Ja«, erwiderte Miro, »ich dachte, es macht den Kindern Spaß.«
»Mir macht es keinen Spaß. Vielleicht den anderen, aber mir nicht.«
Sie sah ihn an. Lange und eindringlich.
»Mir macht es keinen Spaß«, wiederholte sie dann, als glaubte sie, Miro hätte sie nicht gehört. »Ich mag es nicht, verstehst du, was ich meine?«
Miro überlegte, und da er nicht verstand, was sie meinte, fragte er sie sanft: »Was macht dir Spaß, Sophie? Was möchtest du gerne?«
Er fragte sie und berührte ihre Wange, so wie sie sein Herz berührt hatte, mit einem Mal. Und als hätte ihr Schmerz nur darauf gewar-

tet, erkannt zu werden, befreit zu werden, gleichgültig von wem, so genügte diese kleine Geste der Vertrautheit und ihre Stimme wurde laut und Miro erschrak und Sophie schrie: »Ich möchte nicht belogen werden! Ich möchte nicht belogen werden!«, und sie begann zu weinen und dann schluchzte sie, während Miro sie fest in seinen Armen hielt. Ihr junger, schmächtiger Körper verlor jegliche Form, wurde zu einem hilflosen Etwas, und Miro wollte ebenfalls weinen, doch es gelang ihm nicht und er drückte das Mädchen noch fester an sich, noch mehr, und sie weinte und weinte und weinte.

»Man weiß nie, ob man belogen wird oder nicht, Sophie«, sagte er dann. »Man muss es einfach glauben oder auch nicht. Das ist nun einmal so.«

»Nein, das glaube ich nicht«, schluchzte sie weiter. »Man muss es einfach wissen. Irgendwie muss man es wissen. Wie bei deinen Tricks, da habe ich es auch gewusst. Ich habe es gespürt, verstehst du? Gespürt. Ich spüre es so oft und immer sagen sie mir, es ist nicht so, es ist nicht so, wie ich es spüre. Aber es ist doch so, es ist doch so!«

Sie schluchzte noch mehr und man verstand sie kaum unter all den Tränen, nur immer wieder hörte Miro den Satz: »Es ist doch so, es ist doch so!«, und er dachte, dass er immer geglaubt hatte, Kinder seien glücklich, glücklich, weil sie Kinder sein konnten. Doch nun war er sich nicht mehr sicher und er drückte Sophie immer noch an sich und sagte nichts mehr.

»Wie können sie sagen, dass sie mich lieb haben, wenn ich spüre, es ist nicht so?«

Sie hatte aufgehört zu weinen und sah Miro an, auffordernd. »Wie können sie es sagen?«

Miro zögerte, da er spürte, dass er ihr diese Antwort nicht schuldig bleiben durfte, nicht jetzt, nicht ihr. Und während alles in ihm drängte zu beschwichtigen, zu besänftigen – »Sie lieben dich. Wirklich, Sophie, sie lieben dich. Sie müssen dich lieben. Alle Kinder werden geliebt, auch wenn es manchmal nicht so scheint« –, so war doch etwas in ihm, das er lange nicht gefühlt hatte, das er vergessen hatte. Es war, als hätte Sophie es aufgeweckt. Und er sah in ihr kleines Gesicht, in dieses Gesicht, dessen Augen strahlend, froh, unbeschwert hätten sein sollen, diese Augen, die Spiegel der Seele waren, und sie waren nicht unbeschwert, froh, strahlend. Sie waren traurig und voller Schmerz und sie sahen ihn an, als wäre er die letzte Hoffnung, als wäre er alles, alles, was ihr noch geblieben war.

»Warum sagen sie es?«, wiederholte Sophie, als hätte sie gefühlt, was in ihm vorging, was in ihm kämpfte, und ihre Stimme war ganz leise.

»Warum?«

Miro zögerte immer noch und er nahm ihre Hand, drückte sie fest und Sophie erwiderte seinen Druck. Und dann konnte Miro nicht anders und er sah ihr tief in die Augen.

»Wenn du spürst, dass sie dich nicht lieb haben, dann wird es so sein, Sophie«, sagte er dann. »Denn das, was du wirklich spürst, da, tief in dir«, und er tippte mit dem Zeigefinger auf ihren Bauch, »das ist die Wahrheit. Vielleicht die einzige Wahrheit, die es gibt.«

Und dann, als Sophie ihn umarmte, voller Dankbarkeit, weinte er. Nur ein wenig.
Doch für ihn sehr viel.

Irene Maczurek
Male einen Kreis

Manchmal schäme ich mich für meine Eltern, dass sie Deutsch mit Akzent sprechen, und dann schäme ich mich, dass ich mich geschämt habe. Möglicherweise ist der Akzent Schuld daran, dass wir anders als die anderen sind. In Wirklichkeit sind wir gar nicht anders. Nur die anderen denken, dass wir anders sind. Die anderen sind die Kinder aus meinem Heimatdorf. Die Kinder, die meine Freunde sind, oder besser gesagt, von denen ich glaubte, dass sie es sind, bis ...

Es fing damit an, dass Peter mich eines Tages im Schulbus bespuckte und mit »Scheißpolacke« beschimpfte.

Peter hatte keine Freunde, weil er keine brauchte. Er konnte einem allein die Fresse blutig schlagen. Selbst wenn er zu fluchen anfing, bekamen es schon alle mit der Angst zu tun und gingen ihm aus dem Weg.

Ich hatte damals keine Angst, denn ich wusste, meine Freunde fahren mit im Bus. Paul und Josef sind zwar nicht so stark wie Peter, er ist auch älter, aber wir alle drei zusammen konnten dem Peter leicht zeigen, wo der Pfeffer wächst. Dachte ich.

»Lass mich in Ruhe«, sagte ich und schubste ihn auf seinen Platz zurück.

»Was hast du gesagt, du Scheißpolacke? Du willst Ruhe? Ruhe willst du? Hört, hört, der Scheißpolacke will Ruhe haben! Ha, ha«, brüllte Peter, während er mir meine Mütze abnahm und damit ins Gesicht schlug. Mir wurde heiß vor Wut, und ein immer größer werdender Kloß im Hals blockierte meine Kehle so, dass kein weiteres Wort aus mir heraus konnte. Das Einzige, was ich zustande brachte, war aufzustehen und zu versuchen, Peter die Mütze zu entreißen.

Vergeblich. Er hob seine Hand hoch und schleuderte die Mütze in die hinteren Reihen, »Scheißpolackenkappe« schreiend. Alle kreischten vor Lachen. Mir wurde schwindlig vor Zorn, und als mein Schädel zu explodieren drohte, entdeckte ich Paul und Josef, hinten sitzend.

»Gott sei Dank«, dachte ich, als ich sah, wie Paul, mein bester Freund, die Mütze in seiner Hand hielt. Er stand auf. Ich ging in seine Richtung, erfreut, fast glücklich und zeigte ihm anerkennend den Daumen hoch. Das Gelächter verstummte. Plötzlich spürte ich einen Windstoß über meinen Kopf hinweg. Ungläubig drehte ich mich um und sah meine Mütze wieder quer durch die Luft sausen. Peter schnappte sich das Mikro vom Busfahrer und seine Stimme ertönte durch die Lautsprecher.

»Scheißpolacke go home!«

Jetzt lachten alle noch lauter. Ich stand wie tot mitten drin, starrte auf meine Freunde, Paul und Josef, wie sie sich vor Lachen auf ihren Sitzen wälzten.

Der Busfahrer hielt an und riss Peter das Mikro aus der Hand. Peter setzte sich sofort auf seinen Platz. Ich konnte jedoch immer noch nicht ins Leben zurück, sondern stand weiter nur da wie eine präparierte Leiche.

Der Busfahrer packte mich hinten am Kragen.

»Setz dich endlich hin, du Komiker!«, brüllte er mir ins Ohr, »sonst ist das die allerletzte Fahrt deines Lebens!«

Am nächsten Morgen schien alles wieder beim Alten zu sein. Alle benahmen sich, als ob nichts gewesen sei. Im Bus setzte ich mich vorne, gleich hinter den Busfahrer, dorthin, wo niemand sitzen wollte.

»Hallo, Michael«, sagten einige im Vorbeigehen. Ich antwortete nicht. Meine Stimme gehorchte mir so wenig wie meine Augen, die nur die Schuhe der Vorbeigehenden sehen konnten.

Nachmittags schleppte ich mich wieder hinter den anderen her und spürte etwas Unheimliches in der kühlen Herbstluft schweben. Alarmiert von dem siebten Sinn hörte ich mein Herz im Hals klopfen. Meine Beine wurden schneller, mein Atem hechelnd. Angst belebte meinen Körper und versetzte mich in einen Zustand bangen Erwartens. In dem Moment, in dem ich mich schon selbst auszulachen begann, standen plötzlich, wie aus dem Nichts erschienen, sechs Jungen um mich herum. Sie zerrten mich auf den Parkplatz hinter der Kirche, der um diese Tageszeit menschen- und autoleer war. Peter drückte mir ein Stück Kreide in die Hand, schaute auf mich herab und sagte herrisch: »Hier, mal einen Kreis! Einen großen!«

»Warum?«, fragte ich.

»Tu es!« Er wurde ungeduldig.

Ich schaute fragend in Pauls Gesicht, aber er wich meinem Blick aus, genauso wie Josef, Tobias, Daniel und Florian auch. Alle kamen mir so feindlich, so fremd, so anders vor, als wäre ihr Verstand durch ein dämonisches Gift verdorben, ohne dass sie es wussten. Vielleicht war es auch so.

Ich tat, was Peter verlangte und malte einen Kreis auf den Teer. Als ich mich wieder aufrichten wollte, bekam ich einen Fausthieb ins Gesicht und einen zweiten in den Bauch. Durch Nebel sah ich meinen Schulranzen über die Rosenhecke fliegen. Die Bücher und Hefte flatterten wie verirrte Vögel in der Gegend herum und landeten mit ausgebreiteten Flügeln in den Pfützen.

Peter befahl mir, mich in die Mitte des Kreises zu stellen, dann gab er den anderen ein Zeichen. Sie stellten sich außen um den Kreis herum. Ich versuchte abzuhauen, es gelang mir nicht. Sie schubsten mich immer stärker von einem zum anderen.

»Na, du Polacke? Wie gefällt dir das Spiel? Es heißt ein polnisches Schwein im deutschen Käfig.«

Ich sagte nichts.

»Antworte, du polnisches Schwein!«, schrie Peter wütend. Ich schwieg und kassierte dafür einen Tritt in den Oberschenkel und einen Haken ins Gesicht. Aus meiner Nase spürte ich etwas warmes und Süßes in den Mund fließen.

»Sag: Es gefällt mir gut! Wir werden es nämlich öfter spielen«, verlangte Peter und zerrte mich an den Haaren.

Ich schwieg. Als er das Auto kommen hörte, stieß er mich mit beiden Händen zu Boden. Ich blieb alleine.

»Junge«, sagte der Pfarrer, »das hier ist kein Spielplatz. Hier darf man nicht mit Kreide malen. Geh spiel mit deinen Freunden woanders«, und verschwand in der Sakristei.

Ich sammelte alle meine Glieder, meine Bücher und Hefte, hob die Kreide auf und schrieb in den Kreis: »Scheiß-Deutsche«. Soeben habe ich Hassen gelernt.

Meine Mutter bekam einen Tobsuchtsanfall, als ich zur Haustür herein kroch.

»Wer war das? Wer? Wer hat dich so zugerichtet?«

Nachdem sie meine Wunden behandelt und meine geprügelte Seele mit warmen Worten eingesalbt hatte, erzählte ich ihr alles.

Später schämte ich mich dafür und bedauerte es, denn ihre Tränen und ihr besorgtes Gesicht quälten mich mehr als alle meine verdroschenen Knochen zusammen.

Jeden Tag gehe ich alleine vom Schulbus nach Hause und es macht mir nichts mehr aus, denn ich habe keine Freunde mehr in meinem

Heimatdorf. Ich habe nur Hass. Und ich weiß nicht, was ich mehr hasse, diesen miesen Zustand meiner Seele oder die anderen, die daran schuld sind. Aber sind sie es wirklich? Mutter sagt: »Kinder werden nur so gut oder so schlecht, wie die Erwachsenen, die ihnen als Vorbild dienen.«

Ich frage mich. »Warum bin ich nicht stark genug, um den gleichen Vorbildern nachzueifern wie sie? Aber zuerst muss ich herausfinden, wer ihre Vorbilder sind und dann sehe ich weiter.«

Immer wenn ich bei der Kirche vorbei gehe, höre ich mein Herz schlagen und spüre eine Warnung meines siebten Sinnes. Ich drehe mich um und mache mich auf was gefasst. Ich warte täglich, dass bei der Kirche etwas passiert. Dieses Warten macht mich wahnsinnig. Es vergiftet mich.

Heute habe ich keinen Kreis malen müssen.

Aber was wird morgen?

Paul Holzreiter
Nicht so weit und nicht so hoch

Die Wohnung ist groß und dunkel. Nur im Wohnzimmer brennt Licht. Vom Balkon aus kann man vor einem letzten Rest von Abendrot die Türmchen und Kuppeln und Zwiebeldächer von Neuhausen erkennen, sodass man an Orient denken muss und an Tausendundeine Nacht. Ein leises, gleichmäßiges Zittern läuft durch die Decke. Manchmal klirrt eine Lampe.

Mäusel sitzt im Wohnzimmer in ihrer Schaukel und schwingt hin und her. Wenn sie ganz vorne ist, versucht sie, mit dem Fuß den Fernseher zu erreichen.

Der Streit, den ich im dunklen Flur austragen muss, ist nicht neu und er kommt stets ohne laute Worte aus. Gleich werde ich zu Mäusel ins Wohnzimmer gehen, während ihre Mutter sich leise aus dem Hause macht.

»Nicht so weit und nicht so hoch.« Mäusel nimmt all ihre Kräfte zusammen. »Und nicht so mit dem Fuß in den Fernseher rein!« Aber ihre Beinchen sind noch zu kurz, um die Kiste zu erreichen. Ich setze mich aufs Sofa, nehme mein Buch, als ob alles ganz normal wäre, als sie plötzlich die Schaukel scharf abbremst:

»Wo ist die Mama?«
»Die Mama ist fortgegangen.«
Mäusel guckt mich an.
»Sie hat gesagt, dass ich dich ins Bett bringen soll …«
»Aber wo ist sie?«
»… und wenn du morgen aufwachst, ist sie wieder da.«
»Nein.«
»Hat sie aber gesagt. Und dass du dir die Zähne putzen sollst, hat sie auch gesagt.« Mäusel guckt mich an, ob ich ein ernstes Gesicht mache. Wir sind nämlich zwei große Spaßvögel, wir beide. Aber mein Gesicht ist noch ernster, als wenn ich an gar nichts denken oder nur ein Buch lesen würde, vielleicht sogar ein bisschen traurig. Sie nimmt mich bei der Hand. Ich muss aufstehen.

»Sie ist noch da.«
Ich muss das Buch weglegen. Sie schleppt mich hinaus in den Flur. Alles liegt im Dunkeln, auf der einen Seite die Küche, das Kinderzimmer, das Bad, auf der anderen die kleine Einliegerwohnung, die

Wohnungstür und die Rumpelkammer, in der das Gespenst wohnt. Es ist eine große schöne Wohnung unter dem Dach mit Fenstern in drei Himmelsrichtungen.

»Franz«, sie schaut zu mir auf, sucht nach etwas Hoffnung in meinem Gesicht, »glaubst du, dass sie noch da ist?«

Im Flur steht die Kommode mit den vielen kleinen Schubladen. Ich öffne die Lade mit unseren beiden Taschenlampen. Gesprochen wird nichts. Es ist Routine.

Der Streit findet stets in dem dunklen Flur statt, zwischen Garderobe und Wohnungstür:

»Franz«, Mäusels Mama ist streng, und sie hat es eilig, »ich kann jetzt keinen Ärger gebrauchen. Ich bin schon zu spät dran. Zähneputzen und ab ins Bett mit ihr. Kein Fernsehen. Ist das klar?«

»Sag ihr bitte, dass du gehst.«

Mäusel hat ständig Angst, dass ihre Mama plötzlich verschwinden könnte.

»Lenk sie ab, damit ich gehen kann.«

Warum kann sie's ihr nicht sagen? Weil Mäusel sie nicht gehen lässt? Mäusel will nicht, dass ihre Mama verschwindet, ist das so schwer zu verstehen? Ablenken? Eine Unart. Eine Falle. Der Weg in einen Teufelskreis. Henne und Ei. Ich will damit nichts mehr zu tun haben. Mäusel hat solche Angst.

»Es ist zu spät. Ich habe jetzt keine Zeit für Grundsatzdiskussionen.«

»Du hast es noch nie versucht. Warum sollte es Ärger geben? Ich sage ihr auch immer, wenn ich gehe. Es hat noch nie Ärger gegeben.«

»Du bist auch nicht ihre Mutter.«

»Weil sie weiß, dass ich immer wieder komme.«

»Und wenn du mal nicht mehr kommst ...? Also lenk sie bitte ab, damit ich gehen kann.«

Nicht mehr kommen? Ich schaue sie an. Hat sie uns schon mal beobachtet? Weiß sie, wie wir miteinander umgehen, Mäusel und ich? In der Stadt, auf dem Flohmarkt, im Tiergarten, im Theater für Kinder? »Sag doch mal deinem Papa ...« »Er ist nicht mein Papa!« »Mäusel, du musst den Leuten nicht alles verraten. Sie wollen's eh nicht wissen.« Der Pfarrer in der Asamkirche, ich wollte, dass er ihr einen Segen urbi et orbi erteilt, er aber macht ihr nur ein kleines Kreuzzeichen mit dem Daumen auf die Stirn. »Dein Papa ...« Mäu-

sel verdreht die Augen: Was sind die Leute doch blöd! Verächtlich nimmt sie ihren Teddybär von der Kommunionbank, der Ferdinand heißt und gewiss der hässlichste von ganz Neuhausen ist. Dann gehen wir hinaus in die Sonne und freuen uns wieder heimlich daran, dass uns die Leute für Vater und Tochter halten.
»Du kannst ihr ja eine von deinen berühmten Geschichten vorlesen.«
»Erzählen«, sage ich, aber sie versteht mich nicht. Sie hat noch nie zugehört, sonst wüsste sie, dass es immer ein und dieselbe ist.

»Mama!«
Wir pirschen durch die dunkle Wohnung.
»Mama!«
Die Taschenlampen blitzen wie in einem billigen Einbrecher-Krimi.
»Glaubst du, dass sie noch da ist, Franz?«
»Wir gucken überall.«
»Auch in der Rumpelkammer?«
»Nein, da ist das Gespenst drin.«

Gong! macht die Tagesschau. Mäusel ist im Bett, angetan mit einem Schlafanzug, der wie ein Kasperlgewand aussieht, Reißverschluss hinten, sodass das Kind ihn nicht selber bedienen kann, zähnegeputzt, eingemummelt und versehen mit der stets gleichen Geschichte von der Bienenkönigin.
»Hier ist das Erste Deutsche Fernsehen mit der Tagesschau.«
Die vielen Sorgen und wenigen Freuden der großen weiten Welt beginnen sich auf dem Bildschirm zu entfalten.
»Franz?«
»Mäusel!! Was ist mit dir?«
»Wo ist die Mama?«
Wir haben überall gesucht, auch in der Rumpelkammer, wo das Gespenst wohnt. Ich will ihr die Tränen abtrocknen mit meinem Taschentuch, von dem ihre Mutter meint, dass es unhygienisch sei, aber sie breitet die Arme aus in ihrem Kasperlgewand, sodass ich ihr unter die Achseln greifen kann, und noch während sie in die Luft schwebt, zieht sie schon ihre Beine ein, damit sie sich auf meinem Schoß ganz klein machen kann. Ich will ihr noch sagen, dass sie nicht in den Fernseher gucken darf, wir sind nämlich, wie ich schon sagte, zwei große Spaßvögel, wir beide, aber da ist sie schon eingeschlafen.

Und dann kommt der Tag, da ich nicht mehr kommen darf. Mäusels Mama will nicht mehr meine Freundin sein. Es sei zynisch, sagt sie, einem Kind artige Sprüche beizubringen und es gleichzeitig zum Gegenteil zu ermuntern. Nicht so weit und nicht so hoch. Typisch Mann eben. Mäusel darf das freche Gedicht nicht mehr aufsagen.
»Stimmt's, Franz, die Leute glauben, dass du mein Papa bist.«
Ich hab nicht gewusst, wie wichtig der Vater für ein Kind ist. Aber der Tag wird kommen, da sie zum ersten Mal mit dem Fuß die Glotze erreicht. Dann wird sie sich an das Gedicht erinnern und an den, der es ihr beigebracht hat.

Eva Lang-Booz
Groß wie die Präsidentensuite

Im Kinderzimmer ist es still. Total still. Jede Mutter weiß, was das bedeutet: Ein völlig verbotener Quatsch geht hinter ihrem Rücken vor sich. Jede vernünftige Mutter genießt diese Ruhe für einen Moment. Sie weiß, es ist die Ruhe vor dem Sturm, aber doch endlich einmal Ruhe. Ich nehme den neuen Krimi aus der Bücherei zur Hand und lese hastig, die trügerische Gunst des Augenblicks nutzend. Gleich wird mich ein Brüllen, Jammern oder Schluchzen aus dem Kinderzimmer auf den Plan rufen. Schnell weiterblättern. Ich komme tatsächlich bis zur ersten Leiche. Die Ärztin am Tatort kann den Todeszeitpunkt ziemlich genau bestimmen. Das Opfer, ein pensionierter Hobbyjäger, starb zwischen 20 und 24 Uhr durch Kugeln aus seinem eigenen Jagdgewehr. Der Kommissar steht vor den Rätseln eines neuen Falles und seine Ratlosigkeit erinnert mich an die seltsame Stille in unserer Wohnung. Ich klappe das Buch zu, erhebe mich schwerfällig vom Sofa und schleiche über den Flur zur Tür, hinter der zwei Kinder sitzen müssten. Kurzes Lauschen. Es ist absolut nichts zu hören. Leise drücke ich die Türklinke herunter. Ich denke, man hat als Mutter in diesem Augenblick zwei Möglichkeiten: Entweder man verhält sich so geräuschlos wie möglich, um herauszufinden, was vor sich geht – oder man rumpelt mit einem scharfen »Was ist hier los?« ins Zimmer, den Überraschungseffekt auf seiner Seite. Ich entscheide mich für die erste Variante, aus Neugier. Hinter der Tür befinden sich mein fünfjähriger Sohn Pius und sein siebenjähriger Cousin Paul. Ein Duo, das, wenn nicht zu sehen, durch einen gewissen Geräuschpegel meist leicht zu orten ist. Ich will wissen, was fesselt die Jungs bis zur Geräuschlosigkeit?

Durch einen engen Spalt kann ich ins Zimmer schielen. Der Kinderzimmertisch und die Hocker aus der Küche sind zusammengestellt. Darüber ist eine lange, weiße Tischdecke aus der Aussteuer meiner Oma gebreitet. Auf dieser Theke stehen die antike Suppenterrine mit Goldrand, drei Weingläser (die mit dem langen, dünnen Stiel), fünf Tom-und-Jerry-Gläser, die einmal mit Senf gefüllt waren, Teller, Tassen und Platten unseres Hochzeitsservices und die Glaskerzenständer aus Venedig (echtes Murano-Glas). Ein Bierkasten steht unter dem Fenster auf dem Boden. Die meisten

Flaschen sind leer, ein paar wenige sind mit einer Flüssigkeit, ich hoffe Wasser, aufgefüllt. Auf dem kleinen Holzherd steht ein Spieltopf mit einer Pampe, die sich wohl aus Mehl, Salz, Haferflocken und Wasser zusammensetzt, wie ich mir aus den daneben stehenden Tüten und Behältern zusammenreime. Paul sitzt an einem Tisch in der Mitte des Raumes. Ich vermute, dass das, was unter meiner besten Tischdecke verschwindet (festes, altes Leinen), die Spielzeugtruhe ist.

»Bello, bello«, ruft Paul verzückt, als Pius ihm eine rosafarbene Flüssigkeit aus der Bordeauxflasche, gestern geleert, in eines der zerbrechlichen Gläser gießt. »Ist das so recht?«, fragt Pius artig. Über den Arm hat er sich das Gästehandtuch aus dem Bad gelegt.

»Bello«, wiederholt Paul, »bello, molto bello!« Pius schöpft mit einem Silberlöffel Pampe auf einen großen Teller, den ich nachher von Hand spülen kann, weil er nicht in die Spülmaschine passt. Paul probiert. Den kleinen Löffel hält er elegant zwischen Zeigefinger und Daumen. Sein Kommentar: »Mmmh, krass.« Manchmal frag ich mich, ob mein Neffe zur Einschulung eine Packung »Interessante Wörter für Kids« in seiner Schultüte hatte. Auf jeden Fall gelingt es ihm, die Köstlichkeit des Essens überzeugend zu unterstreichen. Pius räumt zufrieden den Tisch ab und nimmt Paul 50 Euro ab. Wo bitte haben die Kerle das Geld her, frage ich mich, und drehe kurz den Kopf zum Telefontischchen im Flur, auf dem mein Geldbeutel nicht mehr liegt. »Grazie«, sagt Pius zu Paul.

»Sì, grazie«, sagt Paul zu Pius und setzt sich die coole Fahrradbrille auf, die Pius von Opa ausgeliehen hat. Hat mein Sohn die etwa noch nicht wieder zurückgegeben? Habe ich denn nicht ausdrücklich betont, dass der Opa die Brille braucht, dass so ein Ding teuer ist? Ich habe keine Lust, immer alles zu regeln. Trotzig lehne ich mich an den Türrahmen. Früher hatten Opas keine Fahrradbrillen. Die meisten hatten nicht einmal ein Fahrrad, geschweige denn ein Rennrad, denke ich ärgerlich. Paul hat sich soeben erhoben, reibt genüsslich den Bauch und sagt noch einmal aus vollem Herzen: »Bello, molto bello!« Er wendet sich zur Tür und sieht mich dort stehen. Wieder habe ich nun zwei Möglichkeiten: Entweder ich schreie sofort los und verlange ein sofortiges Aufräumen meines besten Geschirrs und das restlose Vernichten der ekelhaften und verkeimten Speisen und Getränke unter Androhung eines Fernsehverbotes für unbestimmte Zeit – oder ich zeige mich angetan von der kreativen Spiellust meines Sohnes und meines Neffen und sehe über den Rest lächelnd hinweg. Ich entscheide mich für die zweite Variante. Auch Mütter haben gute Tage.

»Paul, *bello* heißt schön, und *buono* heißt gut. Zu Essen und Trinken sagt man also eher *buono*«, erläutere ich freundlich und nehme Paul die Brille ab, bevor das gute Stück ganz verbogen ist. »Mama«, ruft Pius begeistert, »wir spielen Luxusrestaurant und Luxushotel.« Jetzt erst sehe ich, dass sämtliche Decken und Kissen, die in der Wohnung zu finden sind, sich auf Pius' Bett türmen. Inklusive des satinbezogenen Bettzeugs aus dem Elternschlafzimmer. »Ach?«, entfährt es mir scharf. So langsam bekomme ich doch Lust zum Schimpfen, halte mich im Dienste kindlicher Kreativität aber gerade noch zurück. Wer dieses Spiel erfunden hat, brauche ich nicht zu fragen, sind doch meine allein erziehende Schwester und ihr Sohn, der sich eben die Brille wieder geschnappt hat, gerade von einem Italienurlaub zurückgekehrt. »Wirklich, Mona«, hat meine Schwester danach ins Telefon gesäuselt, »du machst dir keine Vorstellung von diesem Hotel. Alles nur vom Feinsten. Wirklich, tutti.« War ja auch nicht ganz billig, »All inclusive« an der Amalfiküste.

»Magst du Panna cotta?«, fragt Pius, während ich mir zum wiederholten Male die Frage stelle, wie Christine sich so einen Urlaub leisten kann. Pius hält mir den Topf mit der Pampe unter die Nase. »Panna cotta? Schmeckt bello!«

»Buono, Pius, buono heißt das.« Mit lautem Geklapper stelle ich den Topf zurück auf den Herd. Wo hat sie bloß das Geld her?

Es klingelt. Meine Schwester Christine kommt ihren kleinen Sonnenbrillen-Pappagallo abholen. Die beiden Buben rennen zur Tür. »Wir haben ein italienisches Restaurant!«, brüllt Paul und reißt die Wohnungstür auf. »Bello«, ruft meine Schwester fröhlich und probiert sogar ein bisschen Panna cotta, die Pius eifrig angeschleppt hat. Die Kinder und Christine lachen. Ich denke leicht säuerlich an die Aufräumarbeiten, die mir im Ristorante bevorstehen.

»Komm, Paulchen, komm«, drängt Christine hektisch, »wir müssen.« Endlich nimmt sie mich wahr und drückt mir einen Kuss auf die Wange. »Waren doch brav, die Süßen, oder?« Kein »Wie geht's?«, kein »Wie läuft's so?«. »Wir haben doch noch was vor«, erinnert meine Schwester ihr Kind, dessen Fuß sie gerade in einen zu engen Turnschuh quetscht. Sie zwinkert mir kurz zu und mit einem unbeschwerten »Ciao, ciao, ich ruf dich an« ist sie samt Paul und Fahrradbrille zur Tür hinaus. Was haben die beiden denn noch vor?

Wird Paul mal wieder ein neuer Papa vorgestellt? Früher hätte ich so was erfahren. Früher, bevor ich zur babysittenden Tante degradiert wurde. Ich trage den Topf, den Pius achtlos neben dem Telefon abgestellt hat, ins Badezimmer. Mit einem Löffel scharre ich den Brei aus und befördere ihn in die Kloschüssel. »Soll das wirklich alles sein?«, frage ich mich. »Pampe ins Klo schütten?« Das sind Momente, die eine Mutter hasst. Nagende »Soll das alles sein«-Momente. In meinen ausgelatschten Bio-Schlappen schlurfe ich ins Kinderzimmer und mache mich daran, das Geschirr und die Gläser zusammenzustellen. Pius treibt sich in der Wohnung herum. Soll er bleiben, wo er ist. Ich habe keine Kraft, ihn zum Aufräumen anzutreiben. Das ist pädagogisch natürlich völlig falsch, aber ich will meine Ruhe haben. Ich denke an meine Schwester, die vielleicht gerade mit einem gut aussehenden Kerl flirtet, während ich den Mist wegräume, den ihr Sohn mit fabriziert hat. Ich will meine Ruhe haben. Mit der Faust schlage ich in den Kissenhaufen auf dem Kinderbett. Einmal und noch mal und noch mal. Volle Pulle.

Pius steht plötzlich hinter mir und beobachtet mein Treiben.

»Können wir heute im Hotel übernachten? Im Luxushotel?«, fragt er, als ich endlich von den Kissen ablasse.

»Was?« Mehr fällt mir im Moment dazu nicht ein.

Pius steht da, den kleinen Kinderkoffer in der Hand, und schaut mich fragend an.

»Können wir übernachten? Im Luxushotel?«, wiederholt er ungeduldig.

»Wir fahren im Juni an die Ostsee, Schatz. Dann übernachten wir zwei Wochen lang. Du, Papa und ich. Das wird toll.« Ich verschweige, dass es sich bei unserer Unterkunft um eine kleine Dachgeschoss-Ferienwohnung handelt, in der sicher wieder der Dosenöffner fehlt.

»Ich will jetzt übernachten. Heute.« Eine schöne, helle Kinderstimme kann ganz schnell ganz hässlich werden.

»Schau, Pius, jetzt ist schon Mai. In einem Monat sind wir weg. Das dauert nicht mehr lange.« Ich bleibe ruhig, verspüre aber Lust, wieder in die Federkissen zu boxen.

»Ein Monat ist lang. Ein Monat ist tausendmal schlafen. Mindestens. Ich will heute übernachten. Ich will heute übernachten. Im Luxushotel!« Pius stampft mit dem Fuß und stemmt seine Arme in die Hüfte. Kinder, noch so klein, können so unbegreiflich stur sein. Wirklich, ich wollte schon immer Kinder haben. So lange ich denken kann, war das mein größter Wunsch: ein eigenes Kind. Und nun stehe ich im Kinderzimmer und frage mich: Warum eigentlich? Die Erfüllung meiner Träume raubt mir meine Ruhe, meine Nerven und stampft mit seinem Fuß unaufhörlich auf den schadstofffreien Korkboden. Er steht vor mir mit seinen blonden Locken, die in tausend Goldtönen schimmern. Mit seinen unglaublichen Wimpern, die jede Frau sofort an ihre Lider kleben würde. Mit seinen wasserblauen Augen, die mich giftig anblitzen und nur eines fordern: Kampf!

»Es geht nicht«, sage ich, eigentlich ganz ruhig, und kratze mit dem Fingernagel gleichgültig in der Schüssel mit den angetrockneten Pamperesten herum.

»Doch!«, kreischt Pius.

»Es geht nicht.« Mein Ton wird schärfer.

»Dann schlafe ich bei Olivia.« Pius strahlt, dreht sich um und ist flugs an der Wohnungstür.

»Was?« Jetzt wird es richtig laut. Ich brülle: »Bei Frau Wagenmüller?« Olivia Wagenmüller wohnt seit etwa zwei Monaten in der Wohnung über uns. Eine ältere Frau, allein stehend, berufstätig, nicht unfreundlich, vielleicht etwas seltsam (am Wochenende trägt sie Fußkettchen mit kleinen Glöckchen) und seit neuestem Pius' Freundin.

Mit einem kurzen Spurt bin ich an der Tür und drücke meine Hände dagegen. Pius reißt am Türgriff mit der ganzen Kraft seines Zornes. »Wir kennen Frau Wagenmüller doch noch gar nicht lange. Morgen muss sie früh aufstehen, zur Arbeit gehen. Sie braucht ihren Schlaf. Wie der Papa, weißt du?« Ich probiere es noch einmal im Guten, drücke aber weiter gegen die Tür. Pius sagt nichts mehr, seine ganze Kraft ist auf den Türgriff gerichtet, an dem er wie ein Besessener rüttelt. Blitzschnell schnappe ich mit einer Hand den Schlüssel, der neben dem Telefon liegt und schließe ab. Pius springt an mir hoch und versucht den Schlüssel zu schnappen, den ich an einem Finger über meinem Kopf hin und her schwingen lasse.

»Okay, dann rufen wir Papa an«, verkünde ich kampflustig. Eine pädagogische Maßnahme, die ich mir für Härtefälle aufspare, kommt jetzt zum Zuge: Papa muss die Erziehung aktiv mitgestalten. Ich habe Christof auch gleich an der Strippe, verstehe ihn aber kaum, weil Pius inzwischen auf dem Boden liegt und mit beiden Füßen gegen die Wohnungstür tritt. Ich verziehe mich ins Wohnzimmer.

»Dein Sohn möchte bei Frau Wagenmüller übernachten!«, schreie ich vorwurfsvoll in den Hörer.

»Tolle Idee, wir könnten ins Kino gehen.«
Hat er »tolle Idee« gesagt, dieser Rabenvater, der jetzt an sein Freizeitvergnügen denkt? »Wir kennen die Frau doch kaum. Vielleicht ist sie Alkoholikerin.« (Habe ich sie nicht neulich im Treppenhaus irgendwas von gemeinen Drecksäcken lallen hören?) »Oder tablettensüchtig!« Erstaunt merke ich, wie hysterisch das klingt. Aber es geht um mein Kind. »Es geht um dein Kind«, kreische ich, »rede ihm das aus.« Ich halte den Telefonhörer eine Weile in den Flur hinaus, in dem unser Kind wie ein Erdbeben wütet. Als ich ihn wieder ans Ohr halte, höre ich Christof ruhig erklären: »Frau Wagenmüller ist eine ältere Dame, die einen sehr netten Eindruck macht. Wenn Pius bei ihr übernachten will, zeigt das doch nur, dass er Vertrauen zu unserer neuen Nachbarin gefasst hat. Ich finde das schön.« Er redet mit mir in einem langsamen, erklärenden Ton. Ich bin doch nicht verblödet! Immer redet er so mit mir, wenn ich in Erziehungskrisen anrufe.
»Es ist doch so, Mona, wenn du nicht willst, dass er oben übernachtet, dann sag Nein.« Eine tolle Idee. Eine völlig neue Idee: Nein sagen. Das muss ich unbedingt mit meinem Sohn besprechen, der es gleich geschafft hat unsere Wohnungstür einzutreten. »Ich muss jetzt weitermachen, Schatz. Wir kriegen unheimlich Druck so kurz vor der Messe. Bis später.«
Hat er aufgelegt? Hat er jetzt wirklich aufgelegt? Im Flur ist es etwas ruhiger geworden. Resigniert sehe ich ein, dass diese pädagogische Maßnahme versagt hat. Jetzt hilft nur noch eins: Ich mache den Fernseher an und schalte aufs Kinderprogramm. Innerhalb weniger Sekunden hört das Gepolter draußen auf.
Die fröhlich quäkenden Stimmen aus dem Kasten haben Pius' Ohren schnell erreicht. Schon sitzt er auf dem Sofa und verfolgt gebannt Heidis Abenteuer in den Schweizer Bergen.
Für mich ist es Zeit, das Abendessen vorzubereiten. Lustlos schäle ich Kartoffeln in der Küche und lausche durch die offene Tür der kleinen Heidi, die der gerührten Großmutter weiße Brötchen aus dem fernen Frankfurt mitgebracht hat. Und wer bringt mir etwas mit? Ich schmeiße das Schälmesser in das Spülbecken, krame zwei Tiefkühlpizzen aus dem Kühlfach und stopfe sie in den Backofen. Wieder so ein Moment. Ein »Soll das alles sein«-Moment. Ich setze mich zu Pius aufs Sofa. Beide haben wir Tränen in den Augen, als die lachende Heidi den Großvater nach ihrer Leidenszeit in der großen Stadt endlich, endlich wieder in die Arme schließen kann. Pius kuschelt sich ganz eng an mich. Ich bin müde.

Christof kommt nach Hause und verspeist ohne Murren seine Pizza. Geistesgegenwärtig erkennt er, dass jeglicher Kommentar zu dem »Fertigfraß« heute nicht angebracht ist. Wir essen schweigend, selbst Pius ist still. Das Geschirr stelle ich in die Küche und mache die Tür zu. Fertig werden. Ruhe haben. Das ist alles, was ich will.

»Ich will bei Olivia übernachten, Papa.« Kinder, noch so klein, können so schrecklich hartnäckig sein.

»Die Mama will das nicht, Pius.« Danke für die Unterstützung. Super Argument: Die blöde, bescheuerte Mama will das nicht.

»Aber ich will!« Unser Sohn schickt sich an, seine Arme und Beine sowie seine Stimme polternd, schlagend und schreiend erneut in Gang zu setzen. Ich bin müde, so müde. Christof sagt nichts. Er nimmt sich die Tageszeitung und macht es sich auf dem Sofa bequem. Pius traktiert das gute Möbel mit seinen Fäusten, dass der Staub nur so wirbelt.

»Ich hätte da eine Idee.« Christof flüstert fast. Er sieht nicht hoch.

»Eine tolle Idee. Eine tolle Idee für Pius«, fährt er etwas lauter fort.

»Was?« Pius wird neugierig.

»Ach, nichts. Nein. Gar nichts.« Mein Mann schüttelt den Kopf und liest ruhig weiter.

»Was Papa? Was?«

Pius bearbeitet jetzt Papas Schenkel mit seinen Fäusten.

»Du könntest doch bei uns übernachten. Bei Mama und mir.« Zwei große Augen schauen hinter der Zeitung hervor und verheißen das Paradies auf Erden.

»Aber das ist keine Luxushotel.« Unser Sohn verschränkt die Arme und schickt seinem Papa einen verachtenden Blick.

»Aber klar ist das ein Luxushotel. Natürlich ist das ein Luxushotel!«, empört sich Christof. Er steht auf, läuft aus dem Wohnzimmer und schiebt Pius, der ihm in den Flur folgen will, energisch ins Zimmer zurück. Tür zu. Pius und ich stehen stumm neben dem Fernseher und hören es da draußen in der Wohnung poltern und scheppern. Schrank- und Zimmertüren werden geöffnet und geschlossen. Schritte im Treppenhaus. Kellertür. Flaschenklirren. Wir warten brav, als hätte man es uns befohlen. Pius aus brennender Neugier, ich aus Müdigkeit. Dann kommt Christof herein. »Bitte, die Herrschaften!« Mit einer einladenden Handbewegung weist er uns den Weg Richtung Schlafzimmer und geht galant voraus.

Im Schlafzimmer sind die Vorhänge zugezogen. Die Nachttische und das Fensterbrett sind mit allen Kerzen, die es in unserer Woh-

nung gibt, bestückt. Der Raum ist mit einem warmen, flackernden Licht erfüllt. Auf dem Bett sind Decken und Kissen zu einer kuscheligen Landschaft angeordnet, die von der kitschigen Tagesdecke mit den musizierenden Engeln, weich wie Schnee bedeckt wird. Daneben auf dem Boden steht die Spielzeugkiste samt Tischdecke, die Christof aus dem Kinderzimmer herüber geschleppt hat. Darauf drei Weingläser, zwei mit Wein und eines mit Traubensaft gefüllt. In der Mitte des Tisches steht die Suppenterrine, die bis zum Rand mit verschiedenen Pralinen beladen ist.
»Voilà!«, ruft Christof triumphierend und zieht die Tagesdecke vom Bett. Darunter kommen mein Flanellschlafanzug, Christofs Nachthemd und Pius' Superman-Anzug zum Vorschein. »Willkommen im Luxushotel!« Christof schaut uns erwartungsvoll an. Keiner sagt etwas, dann stürzt sich Pius in die Kissenberge und wühlt sich begeistert in die weichen Massen. Ein Jubelruf dringt schwach zu uns nach draußen: »Bello, echt bello!«

Ich klappe meinen Krimi zu, habe schon einen ersten Verdacht, wer der Mörder sein könnte. Jetzt bin ich wirklich richtig müde, was nicht zuletzt am guten Rotwein liegt. Neben mir schnarchen zwei, die sich nach unserer abendlichen Feier im Hotelzimmer nicht so lange wach halten konnten. Wir haben uns mit unvernünftig viel Pralinen vollgestopft. Das Ganze mit Wein und Saft hinuntergespült. Christof hat die CD mit Mozart-Arien aufgelegt und irgendwann verkündet, dass es heute ausnahmsweise erlaubt ist, ohne Zähneputzen ins Bett zu gehen. Welch ein Festtag für Pius, der selig zwischen Mama und Papa, zur Arie der Königin der Nacht eingeschlafen ist. Und welch ein Festtag für Mama und Papa. Ich stehe auf und lösche die Kerzen, die weiße Wachsteppiche auf dem Fensterbrett hinterlassen. So ein schöner Abend, nach diesem Tag, denke ich angenehm überrascht, als ich mich in meine Decke rolle. Pius atmet gleichmäßig. Der Saftfleck auf seinem Schlafanzug hebt und senkt sich. Ich lege eine Hand auf seinen Bauch und spüre sein Leben, sein ruhiges Auf und Ab. Mein Herz geht auf, wird groß, weitet sich, nimmt die Schlafenden behutsam auf. Es wird größer und größer, mein Herz. Wird riesig und prächtig wie ein Zimmer im Luxushotel. So groß wie eine komfortable Suite. Ach, was sag ich? Mein Herz wird so groß wie die Präsidentensuite. Es ist viel Platz darin. Platz für Christof und Pius und noch viel mehr. Vielleicht für ein kleines Baby? Wirklich, ich wollte schon immer Kinder haben.

So lange ich denken kann, war das mein größter Wunsch: ein eigenes Kind. Und warum sollte man sich seine Wünsche nicht doppelt und dreifach erfüllen? Ich schließe die Augen und flüstere in die Dunkelheit: »Kinder. Was für ein Leben!«

Ute Schreiber
Radwechsel

Das Gewissen ist der uns allen gemeinsame uralte Wecker.

Wilhelm Busch (1832–1908)

Das Gewissen ist jene innere Stimme, die uns nicht abhält, etwas Unerlaubtes zu tun, das Vergnügen daran aber erheblich stört.

Marcel Achard (1899–1974)

Das sogenannte schlechte Gewissen sollte eigentlich das gute heißen, weil's ehrlich die Wahrheit sagt.

Wilhelm Busch (1832–1908)

Den rechten Weg wirst du nie vermissen,
handle nur nach Gefühl und Gewissen.

Johann Wolfgang von Goethe (1749–1832)

Wie heißt es so schön? Wenn man sich ganz lange und ganz intensiv etwas wünscht, geht es auch in Erfüllung, und zwar, wenn man gar nicht mehr dran denkt.

Das mag bei anderen so sein. Nino jedenfalls war der Meinung, dass es bei ihm nicht funktionieren würde.

All seine Freunde und auch die, die er nicht seine Freunde nannte, hatten das, wovon er träumte: ein richtiges Fahrrad!

Nino träumte von einem Fahrrad, das nicht nur einfach zwei Räder, Rahmen, Sattel und Lenkstange hat, sondern auch eine 24-Gang-Schaltung, Hydraulikfedern und Trommelbremsen.

Ein Rad also mit allen Schikanen, mit allem Zipp und Zapp!

Es war schon klar, was er sich wünschte!

Er aber hatte nur dieses alte Rad, auf dem sicher schon sein Ur-Ur-Großvater geradelt war, ein Rad, über das sich alle anderen lustig machten. Wenn sie ihre Rennen fuhren, wenn es um Geschwindigkeit ging und um gewagte Wendemanöver, dann saßen sie auf ihren megacoolen Rädern, dann herrschte eine unausgesprochene Einigkeit unter ihnen, dann waren sie die Gruppe und er der Außenseiter. Er passte wirklich nicht in das Bild der supertollen Radrennfahrer, wenn sie die »Tour de France« nachspielten.

»Drahtesel« und »Gurke« waren noch die freundlichsten Kommentare, die sie für sein Rad fanden, sie machten sich lustig, und er hatte immer das Gefühl, dass sie ihn als Person in ihren Spott miteinbezogen, dass sie also mit ihren abwertenden Bemerkungen nicht nur sein Rad, sondern auch ihn meinten.

Ja, sein altes Gurkenrad erregte Aufsehen, wo immer er damit auftauchte.

Wenn es mal wieder besonders schlimm war mit all dem Spott und Hohn, dann wagte er einen erneuten Vorstoß bei den Eltern: »Ich brauche unbedingt und unbedingt ein neues Rad!«

Dabei versuchte er einen Gesichtsausdruck, der zu seiner inneren Grundstimmung passte. Das schien jedoch bei den Eltern nicht richtig anzukommen.

Sahen sie nicht, wie er litt? Waren sie denn immun gegenüber seinem Leid? War es ihnen so völlig gleichgültig? Ihnen fiel dazu nie etwas Neues ein: »Wieso, dein Rad ist doch technisch vollkommen in Ordnung! Solange es noch verkehrstauglich und sicher ist, gibt es kein neues! Du weißt, wir haben gebaut, wir müssen jeden Euro dreimal umdrehen!«

Das sah er anders. Wer wollte denn das Haus? Das haben sie doch nur für sich gebaut! Und wann denken sie mal an ihn?

»Schluss damit, solange es fährt, gibt es kein neues Rad!«

Damit war jeder neue Vorstoß abrupt beendet.

Aber ein Satz ging ihm nicht aus dem Kopf: »Solange es fährt, gibt es kein neues Rad!« Solange es fährt …, solange es fährt …

Dieser Satz grub sich fest ein in sein Hirn, machte sich dort breit, gebar immer neue Ideen, wilde und beschämende Ideen, die er immer ganz schnell beiseite schob. Nein, nein, nein, davon wollte er nichts wissen! Aber immer wieder drängten sich diese Gedanken an die Oberfläche seines Bewusstseins: »Solange es fährt …« Das hieße doch, wenn es kaputt wäre …

Aber das Rad war einfach zu stabil, hatte ja schon zig Generationen überdauert, von allein würde das niemals kaputt gehen! Vor allem war ja an dem einfachen Rad nichts dran, was kaputt gehen könnte!

Es sei denn …, es sei denn, man würde nicht noch weitere Generationen warten, sondern ein wenig nachhelfen!

69

So, und sobald das nun einmal gedacht war, konnte er es einfach nicht mehr rückgängig machen. Wirklich, er kämpfte dagegen an! Aber es sind ja gerade die ungewollten Gedanken, die sich nicht verscheuchen lassen, die sich immer wieder mit kleinen Widerhaken festkrallen.

Sie tauchen an der Oberfläche auf, sind lästig wie die Fliegen im Sommer, und es gibt keine Gedankenklatsche, mit der man sie vertreiben könnte. Sie surren im Kopf herum, brummen und drängeln sich penetrant in den Vordergrund. Und bald stand sein Plan fest: Er musste nachhelfen, musste es hinkriegen, dass sein altes Rad nicht mehr verkehrstauglich war!

Aber das musste gut durchdacht sein.

Er schwang sich auf sein Rad. Ob es seine letzte Fahrt damit sein würde? Trotz der sommerlichen Hitze stieß er kräftig in die Pedale und steuerte seinen Lieblings-Nachdenk-Platz an, wo er den teuflischen Plan aufs Genaueste durchdenken wollte.

Er stellte sein Rad ab, setzte sich unter eine riesige, Schatten spendende Kastanie und lehnte sich an den mächtigen Stamm. Sein erhitzter Kopf bekam etwas Kühlung. Gründlich betrachtete er sein Rad von allen Seiten, dann seufzte er tief.

Das viele Nachdenken war anstrengend, aber jetzt war er sich ganz sicher. Er strich sich fahrig durchs dichte braune Haar und erhob sich langsam. Ja, so würde er es machen! Sein Plan stand felsenfest!

Schweres goldenes Nachmittagslicht floss über die Felder und ließ sein Rad besonders schäbig aussehen. Als er es nahm, war ihm klar, dass dies nun endgültig die letzte Fahrt sein würde.

Die Eltern waren am Abend eingeladen. Das war günstig! Doch als sie das Haus verlassen hatten, regten sich erste Zweifel. Das war nicht richtig, was er da vorhatte! Es war Lüge und Betrug! Aber wie heißt es doch: Der Zweck heiligt die Mittel! Und er brauchte das neue Rad einfach, ob er es früher oder später bekommen würde, das wäre doch für das Portemonnaie seiner Eltern ganz egal, aber für ihn überlebenswichtig!

Er wartete auf die einbrechende Dunkelheit. Dann ging er in den Keller und holte den dicken schweren Vorschlaghammer heraus und rannte, mit dem Gewicht des Hammers kämpfend, klopfenden Herzens wieder nach oben, auf den Hof, wo er sein Fahrrad abgestellt hatte.

Nach rechts und links um sich schauend, vergewisserte er sich, dass niemand Zeuge sein würde. In den Fenstern der Nachbarhäuser sah man das Flimmern der Fernsehgeräte. Gut, dass Spätnachrichten die Nachbarn in ihren Häusern hielten.

Er nahm das Rad, legte es flach auf den Boden und begann zunächst zögernd, dann wie von Sinnen darauf einzuhämmern. Immer wieder trafen die schweren Schläge die Speichen, Pedalen und Reifen, die sich jedoch hartnäckig gegen diese Gewaltanwendung zur Wehr setzten. Er keuchte, schnaufte, stöhnte, das war harte Arbeit, er erkaufte sich ein neues Rad mit wirklich schweißtreibender Arbeit, was ihm plötzlich wie eine Rechtfertigung vorkam für seine Zerstörungswut. Der Vorschlaghammer wurde immer schwerer, deshalb legte er ihn zur Seite. Völlig außer Atem, aber wild entschlossen, sein Werk zu vollenden, sprang er nun auf das am Boden liegende Rad und stampfte wie von Sinnen darauf herum. Bald knickten die Speichen ein, der Rahmen begann sich zu biegen, der Lenker krümmte sich unter der Gewalt seiner Tritte.

Das Rad war nun völlig zerstört und plötzlich überkam ihn ein grenzenloses Mitleid mit dem am Boden liegenden zusammengeschlagenen Elend.

Was hatte er da getan? Er stand fassungslos vor dieser Anhäufung aus verbogenen Röhren, Glas- und Drahtstücken. Erschüttert und kraftlos verließ er den Schauplatz der Verwüstung.

An Nachtruhe war nicht zu denken. Wirre Träume ließen ihn mehrmals aufschrecken und hinterließen am Morgen das Gefühl, überhaupt nicht geschlafen zu haben. Aber er musste sein Vorhaben durchziehen! Das hatte er sich vorgenommen, davon würde er nicht abweichen, wozu hätte das Ganze sonst einen Sinn gehabt?

»Gehst du Brötchen holen?«, fragte die Mutter. Wie an jedem Morgen sollte er zum Bäcker radeln und für die Frühstücksbrötchen sorgen. Längst war er fertig gewaschen und angezogen. Er hatte nur auf dieses Stichwort gewartet, um seinen Plan zu Ende zu führen und nun den schwierigsten Teil seines Schauspiels durchzuführen.

Kurz, nachdem er das Haus verlassen hatte, stimmte er ein mächtiges und heuchlerisches Geschrei an. Er jammerte so laut, dass es auch in der Küche zu hören war: »Mein Rad! Wer hat mein Rad kaputt gemacht?«

Bei diesem Riesengebrüll rann eine Wasserflut seine Wangen herunter – er wunderte sich, dass die Tränen so leicht kamen, das nämlich war seine größte Befürchtung gewesen, dass er es nicht schaffen würde, richtig zu weinen, denn mit echten Tränen würde ja auch sein Kummer unbestritten wesentlich herzgreifender aussehen.

Wie im Plan vorgesehen kamen die Eltern mit bestürzten Gesichtern aus dem Haus gelaufen. Mit einem Blick begutachteten sie den Schaden, sahen ihren Sohn mitleidig an und nahmen ihn beide gleichzeitig in die Arme, um tröstend auf ihn einzureden. Das bewirkte bei ihm erst recht eine Tränenflut, die er nun überhaupt nicht mehr stoppen konnte, denn das liebevolle Verhalten der Eltern beschämte ihn zutiefst und ließ ihn seine Schuld spüren. Um ihn zu trösten, redeten sie ruhig auf ihn ein: »Beruhige dich doch, es war doch ein altes Rad!«

»Sei nicht traurig, es gibt solche fürchterlichen Menschen, die so was tun!«

»Wer tut denn so etwas Unmenschliches?«

Ich! Ich! Ich! So hämmerte es in seinem Kopf, und er konnte nun gar nicht mehr begreifen, wie er so etwas überhaupt hatte tun können! Nun war sein Kummer wirklich echt und tief. Er schämte sich unendlich, vor seinen lieben Eltern so ein Theater abzuziehen.

»Nino, nun beruhige dich doch!«

Die Eltern nahmen ihn bei der Hand und führten ihn ins Haus. Sein Körper wurde erneut vom heftigen Schluchzen geschüttelt. Wieder wurde er behutsam in die Arme genommen. Die Eltern verständigten sich jetzt mit wortlosen Blicken.

»Nino, du hast doch bald Geburtstag, da wollten wir dir sowieso ein neues Rad schenken, weil wir doch wissen, wie sehr du es dir immer gewünscht hast. Es steht bereits im Keller, du kannst es jetzt schon haben!«

Damit nahmen sie ihn bei der Hand und führten ihn hinunter in den Raum, den er gestern Abend schon aufgesucht hatte. Was er jedoch nicht gesehen hatte, war der Gegenstand in der Ecke, der unter vielen alten Decken verborgen gewesen war, den die Eltern nun hervorholten und der sich als das absolute Traumrad entpuppte. Wirklich, es war genau das Rad, das er sich immer gewünscht hatte!

Doch der Anblick rief in ihm keine Freude hervor, er stand nur da und starrte auf das funkelnde, strahlende, blitzblanke Rad und sofort verfiel er in ein erneutes Schluchzen mit noch echteren Tränen, die wie Sturzbäche über seine schamroten Wangen flossen.

Nur langsam konnte er sich beruhigen, aus den Augenwinkeln bekam er gerade noch irritiert mit, wie der Vater den Vorschlaghammer an seinen alten Platz zurückstellte.

Die Eltern standen neben ihm und warteten, bis er ruhiger wurde, tief durchatmete und langsam anfing zu erzählen.

Kirsten Commenda
Simon

Und dann warst du da. Zuerst nur dein Name: Simon. Der Telefonhörer in meiner Hand zitterte, als ich ihn hörte. Wenn wir wollten, könnten wir ihn noch ändern, meinte die Dame von der Behörde, doch ich wusste: Nein. Simon wird mein Sohn heißen. Simon ist sein Name.

Jetzt liegst du hier, Simon, vor mir, und obwohl es Nacht ist, obwohl eine Glasscheibe dich von mir trennt, kann ich dich gut erkennen, denn deine Haut schimmert in der Dunkelheit wie das Innere einer Muschel und dein winziger Brustkorb hebt und senkt sich wie die Wellen des Ozeans. Ob wir bald gemeinsam ans Meer fahren werden? Du sollst spüren, wie wohlig der Sand die Fußsohlen immer noch wärmt, wenn die Sonne längst untergegangen ist. Sandburgen sollst du bauen und kleine Krebse suchen. Und jeden Tag teilen wir uns eine Tüte Eis. Eine Kugel Haselnuss – das ist meine Lieblingssorte – und eine Kugel – ja, was? Was wird deine Lieblingssorte sein, Simon?

Die Kleine im Bett neben dir ist aufgewacht, sie weint. Ich drücke den roten Knopf über deinem Brutkasten, gleich wird die Schwester kommen und ihr zu trinken geben. Die Kleine bekommt fast nie Besuch, nur alle zwei, drei Tage sitzt der Vater eine Viertelstunde lang vor ihrem Glaskasten, stumm, ohne sie zu berühren. Die Mutter war nur ein einziges Mal dabei, sie hatte tiefe Ringe unter den Augen, schweigend stand sie da und betrachtete ihr Kind, ohne sich zu setzen. Bestimmt sind sie den Schwestern lieber, lieber als wir, dein Vater und ich, denn wir sind ständig hier, wechseln uns ab, lassen dich keine Minute aus den Augen. Die Schwestern meinen, wir übertreiben. Sie sind gekränkt, sie glauben, ihre Pflege sei uns nicht gut genug für dich. Bestimmt sind wir ihnen auch im Weg, das Frühgeborenenzimmer ist ohnehin viel zu eng und wir sitzen hier, Tag und Nacht.

Du schlummerst ruhig, Simon, das Geschrei der Kleinen konnte deinen Schlaf nicht stören und auch die Nachtschwester nicht, die ungeschickt gegen deinen Brutkasten gestoßen ist. Friedlich siehst du aus, trotz der Elektroden auf deiner zarten Haut und trotz der Schläuche, die aus deiner Nase ragen. »Eine Handvoll Mensch«, sagte die Ärztin, als sie dich mir in den Arm legte. Wie leicht du warst! Wie ein Vögelchen, fast schwerelos, deine Knochen sind die eines Kolibris. Dein Vater hat sich weggedreht, er wollte nicht, dass ich merke, wie er weint. Dann durfte auch er dich halten, du hast winzig ausgesehen auf seinem starken Arm, er hat zuerst dich angeschaut und dann mich, voller Stolz. »Mein Sohn!«, sagte sein Blick.

Und dann begann der Kampf. Der Kampf um jedes Gramm. Zuerst hast du abgenommen. Wieder hundert Gramm weniger. Tags darauf wieder. Und wolltest nicht saugen. Warst zu schwach. Bist immer wieder eingeschlafen beim Trinken. Fünfzehn Mal am Tag und öfter haben wir dir die Flasche angeboten.

»Sie müssen Geduld haben mit ihm, er lernt es schon noch«, sagten die Schwestern, doch ich spürte, dass auch sie dir kaum mehr eine Chance gaben. Nicht einmal mehr ein Kilo wogst du.

Dann kam Sabine. Sie war noch in Ausbildung, Physiotherapie. Die Kinderschwestern trauten ihr nicht über den Weg, das merkte ich sofort, sie musterten sie von der Seite, wenn sie mit den Winzlingen arbeitete, schüttelten unmerklich den Kopf und gingen dann mit einem Seufzen wieder ihrer Arbeit nach. Doch Sabine hat uns geholfen.

»Schau, Paula«, sagte sie zu mir – sie sprach mich mit Du an, obwohl ich ihre Mutter hätte sein können –, »schau, du nimmst seine Hand, während er trinkt, und drückst rhythmisch deinen Daumen in seine Handfläche. Das stimuliert den Saugreflex.« Als ich sie zweifelnd ansah, boxte sie mich in die Seite und grinste. »Das wär' doch gelacht, wenn wir aus deinem Runzelzwerg nicht noch ein properes Baby machen würden!« Sabine hatte Recht. Innerhalb von vier Wochen hast du dein Gewicht verdoppelt.

»Siehst du, er wird mir immer ähnlicher«, sagte dein Vater.

Wenn ich dich anschaue, Simon, oder dich berühre, den zarten Flaum auf deiner Haut, frage ich mich oft, warum *sie* es nicht tut. *Sie* hatte dich in sich, unter ihrer Bauchdecke, in ihrem Leib, sechs Monate lang, doch nun sitze *ich* hier, um über deinen Schlaf zu wachen. Ob es anders wäre, wenn du *mein* Baby wärst, mein leibliches, meine ich? Ich werde nie wissen, wie es sich anfühlt, ein Kind in mir zu tragen, es wachsen zu spüren, es mit meinem eigenen Blut zu ernähren. Ich werde nie wissen, was eine Mutter fühlt, wenn ihr Baby zum ersten Mal auf ihrem Bauch liegt, nass und blutig, gleich nach der Geburt. Ich werde nie wissen, was sie empfindet, wenn ihre Brüste sich mit Milch füllen und das Kind, ihr eigenes Kind, daran trinkt. Und dennoch: Kann eine Frau jemals mehr empfinden als ich, jetzt, in diesem Moment? Wird es immer so sein? Werde ich jedes Mal, wenn ich dich betrachte, denken müssen: Warum ich, warum nicht sie? Oder werden wir vergessen, mit den Jahren, dass eigentlich eine andere an meiner Stelle sein sollte?

Deine Mutter. Ein schrilles Pfeifen tönte in meinen Ohren, als ich sie kennen lernen sollte. Ich war so nervös, dass ich den Inhalt meiner Handtasche auf dem Gang verstreute, als wir vor der Tür des Krankenzimmers warteten. Dann ließ die Schwester uns hinein. Dein Vater schob mich am Ellbogen ins Zimmer. Vier große Betten standen da, neben dreien davon winzige Gitterbetten auf Rädern. Am vierten Bett saß stattdessen, am Rand, die Dame von der Behörde. Und unter der Bettdecke lag eine Frau, blass und so mager – niemals wäre man auf die Idee gekommen, dass sie eben ein Kind zur Welt gebracht hatte. Ihr glattes aschblondes Haar machte ihr Gesicht noch schmaler, und an ihren Händen traten die Adern und Sehnen deutlich hervor. Als wir zu ihr gingen und uns vorstellten, streckte sie mir ihre Hand entgegen, doch ihre Lider blieben gesenkt. Später erfuhr ich, dass sie zweiunddreißig war. Ich hatte sie für viel älter gehalten.

Kein direktes Wort fiel zwischen ihr und mir. Die Dame von der Behörde legte die rechtlichen Fakten dar. »Sobald Sie die Unterschrift geleistet haben, Frau Damiel, haben Sie Simon zur Adoption freigegeben«, sagte sie eindringlich. »Überlegen Sie sich diesen Schritt gut, Sie können ihn nicht mehr rückgängig machen.« Und zu uns gewandt: »Sie haben Ihre Entscheidung ja bereits gefällt. Ich melde mich bei Ihnen, sobald auch die Mutter sich entschieden hat.«

Wieder und wieder analysierten wir die zehn Minuten, die wir an diesem Bett verbracht hatten, dein Vater und ich. Vier Tage lang versuchten wir, den Gesichtsausdruck deiner Mutter während jeder Phase des Gesprächs zu deuten. War sie entschlossen? Oder würde sie es sich anders überlegen und dich selbst groß ziehen? Würde sie unterschreiben? Würde sie? Sie tat es.

Die Kirchturmuhr schlägt zweimal. Deine winzigen Hände sind zu Fäusten geballt, Simon, nur manchmal öffnen sie sich ein wenig. Wie spät es wohl ist? Halb vier, halb fünf? Die Nächte vergehen langsam an deinem Bett. Manchmal bin ich so müde, dass mir der Kopf auf die Brust sinkt und ich kurz einnicke. Wenn die Nachtschwester mich so findet, legt sie mir die Hand auf die Schulter und sagt: »Wieso gehen Sie nicht nach Hause und ruhen sich aus? Sie werden Ihre Kraft noch brauchen!« Vielleicht hat sie Recht. Doch was sind schon ein paar durchwachte Nächte gegen die Wochen, Monate und Jahre, die wir gewartet haben? Gegen all die Untersuchungen, Diagnosen, Ambulanzbesuche, gegen den Händedruck und den mitfühlenden Blick ganzer Heerscharen von Spezialisten, gegen die immer wieder neu gehegten und immer wieder begrabenen Hoffnungen? Gegen die unzähligen Behördengänge, gegen die aussichtslose Position auf der Warteliste – noch so viele Paare vor uns, und alle, alle wünschten sich nichts sehnlicher als ein Kind – genau wie wir?

Fast hatten wir schon aufgegeben. Wir wollten schließlich Eltern sein, nicht Großeltern. So viele Jahre gewartet. Und noch immer so viele Namen vor uns auf der Liste. Dann der Anruf. Und dein Name, zum ersten Mal: Simon.

»Unser Sohn wird Simon heißen«, rief ich deinem Vater entgegen, als er mich vom Büro abholte.

»Unser Sohn? Ich verstehe nicht ...« Er versuchte, mich an den Händen festzuhalten, doch ich konnte keine Sekunde lang still stehen. »Unser Sohn!« Natürlich hätte ich ihn zuerst fragen müssen, ihn in die Entscheidung einbeziehen müssen, ehe ich der Dame von der Behörde zusagte. Aber ich wusste, dass er genauso denken würde wie ich, dass er dich auf jeden Fall haben wollte. Obwohl du mit sechs Monaten auf die Welt gekommen warst. Obwohl du deshalb vielleicht behindert sein würdest. Und obwohl all die Namen vor uns auf der Liste dieses Risiko nicht eingehen wollten – wir wollten dich, Simon. Als wir dich zum ersten Mal sahen, dieses kleine Bündel mit dem schwarzen Schopf, so verloren und schutzlos in seinem Glaskasten, wussten wir, dass unsere Entscheidung richtig war.

Noch schläfst du fast die ganze Zeit. Doch du spürst, wenn wir dich berühren, und du hörst unsere Stimmen. Und du wirst wachsen und stark sein, du wirst krabbeln und laufen. Und eines Tages werden wir eine riesengroße Sandburg bauen mit Türmen und Erkern, und wenn die Flut sie über Nacht weggespült hat, bauen wir eine neue. Und jedes Mal, wenn du dein Eis schleckst – welche Sorte, Simon? – werde ich an diesen stillen Moment an deinem gläsernen Bett zurückdenken.

Uwe Bonecke
Teddymord und Mutterlist

Vielleicht lag es daran, dass ich zuviel Jessica Fletscher gesehen hatte.
Vor einigen Wochen hatte ich einen äußerst mysteriösen Mordfall aufzuklären. In meinem Beruf als Hausfrau, Ehefrau und Mutter dreier Töchter habe ich es oft nicht leicht. Doch der zehnte Geburtstag unserer Jüngsten stellte mich auf eine besonders harte Probe. Lena wollte mit einigen Freundinnen eine Party feiern, weil sie doch ›zweistellig alt‹ wurde. Mein Mann Jürgen und ich waren einverstanden, genau wie beim zehnten Geburtstag unserer Zwillinge Nena und Andrea. Ich versprach Jürgen: »Wir feiern bei Mutter!« Ich sah ja ein, dass er als freier Schriftsteller ein wenig Ruhe zum Arbeiten brauchte. Und ehrlich gesagt, war mir selbst das auch lieber. So konnte Mutter, die erst sechzig und fit für ihr Alter war, mir zur Hand gehen. Lena und ihr Vater schrieben 23 (!) Einladungen.

Mutter hatte sich bei Nachbarn Tische ausgeliehen und sie hübsch dekoriert. Arielle-Tischdecken, bunte Lichterketten und überall M&Ms. Luftschlangen, verschiedene Accessoires aus Schokolade und Lebkuchen lagen auf der Tafel verstreut und in der Mitte stand die preisgekrönte, selbst gemachte Geburtstagstorte aus der Geheimküche meiner Mutter.

Andrea und Nena managten die Party. Andrea wollte unbedingt der Discjockey sein. So hatte sie alles im Auge. Nicht, dass sie ihrer Schwester misstraute, aber man konnte ja nie wissen …

Um Punkt drei erschienen die ersten Gäste. Nena öffnete die Tür und zeigte den Kindern, wo es Getränke und Essen gab. Andrea spielte die neuesten Discohits. Die Geschenke wollte Lena erst später öffnen. Ich bewunderte ihre Geduld.

Lena machte die Mädchen miteinander bekannt. Die Jüngste war Natalie. Sie war erst acht Jahre alt. Lena kannte sie aus dem Flötenunterricht. Dort sprach sie stets leise, meist mit gesenktem Blick und nie überflüssiges Zeug, wie Lena das mit Vorliebe tat. Natalie war der letzte Gast und stand mit ihrem kleinen Teddybär ziemlich verloren im Wohnzimmer. Lena stellte sie den anderen vor und führte sie zu meiner Mutter und mir in die Küche. Natalie gab uns die Hand und grüßte sehr höflich, was ich von vielen anderen Kindern leider nicht sagen konnte.

»Willst du denn deinen Teddy nicht ablegen, während wir essen?«, fragte ich sie.

Sie schüttelte den Kopf und flüsterte: »Ich kann Tom nicht weglegen, sonst fürchtet er sich vor den anderen Kindern. Vor den großen Kindern.« Das leuchtete ein!

Später wurde die Discomusik lauter und die Mädchen tanzten zum Rhythmus der in meinem Bauch hämmernden Bässe. Bei einer langsamen Nummer drehten sie den Dimmer herunter und schwankten mit geschlossenen Augen hin und her. Meine Mutter und ich richteten derweil das süße Büfett wieder einigermaßen her. Es wirkte nach dem ersten Ansturm, als hätte es Bomben gehagelt.

Plötzlich hörten wir ein Kreischen. So schrill, dass ich fürchtete, die Gläser könnten zersplittern. Mutter und ich sahen uns an und fürchteten schon, ein blutendes Kind in Augenschein nehmen zu müssen. Mutter sprintete zum Telefon und ich rannte ins Wohnzimmer. In der Mitte des Raumes stand Natalie und weinte dicke Tränen. Sie hielt ihren Tom in der einen Hand und seinen Kopf in der anderen. Mutter lugte mit dem Telefonhörer am Ohr um die Ecke.

»Soll ich einen oder mehrere Krankenwagen rufen?«, fragte sie.

»Ich schätze, wir brauchen einen Leichenwagen, Mama. Oder ein Wunder!«

Einige Kinder lachten. Lena aber erkannte den Ernst der Lage und nahm Natalie in den Arm. Die Musik war verstummt, das Lachen der Kinder erstarrte zu betretenem Schweigen.

»Was ist denn mit Tom passiert?«, fragte Lena fürsorglich und entlockte mir ein Lächeln.

Natalie zuckte mit den Schultern und fing wieder an zu weinen. Aus Toms Kopf quoll die Holzwolle. Die Szene wirkte makaber. Ich ging vor Natalie in die Knie.

»Was ist passiert, Kleine?«

Sie schluchzte und bekam kein Wort über die Lippen. Meine Mutter legte den Hörer auf und setzte sich auf einen der Sessel, die die Kinder vor die rustikale Schrankwand gestellt hatten. Sie sah Natalie an ohne ein Wort zu sagen. Das Mädchen hörte schlagartig auf zu weinen und bewegte sich wie in Zeitlupe auf sie zu. Meine Mutter nahm ihr die beiden Teile des Teddys ab und sah mit faltiger Stirn das Opfer an.

»Was ist passiert?«, fragte sie mit sanfter Stimme.
»Ich habe Tom für drei Minuten weggelegt um zu tanzen. Als ich ihn wieder in die Arme genommen habe, fiel sein Kopf herunter.« Leises Kichern einiger Kinder im Hintergrund. Ich ging zu den beiden und nahm Tom an mich. Die klaffende Wunde verriet mir, dass jemand den Kopf mit einem Messer abgeschnitten hatte.
»Das war Mord«, sagte ich mehr zu mir als zu jemand Bestimmtem. Natalie sah mich mit ihren großen, verheulten Augen an.
»Warum?«, wimmerte sie. »Wer macht so was?«
Ich konnte nur mit Kopfschütteln und Achselnzucken antworten. Meine Mutter nahm Tom und Natalie und verschwand in Richtung Schlafzimmer.
»Wer immer das getan hat, sollte sich schleunigst melden! Derjenige ist gerade dabei, die Party zu schmeißen!« In meiner Stimme blitzten Autorität und Entschlossenheit auf.
»Genau!«, rief Lena empört und stützte dabei die Arme in ihre Taille. Alle musterten sich gegenseitig, doch niemand gab die Tat zu.
»Gut, dann müssen wir eben den Täter überführen«, beschloss ich.
»Mama, wie denn?«, wollte Lena wissen.
»Das werde ich euch jetzt zeigen«, entgegnete ich.
Ich nahm das Brotmesser, das auf der Kommode neben der Stereoanlage lag, an mich. Mit einer Serviette fasste ich es an der Spitze der Klinge und zeigte es den Anwesenden.
»Das ist eindeutig die Tatwaffe«, stellte ich theatralisch fest.
»Hier! Seht ihr die Holzwolle an der Klinge? Das ist eindeutig Toms Innenleben.« Ich sah das Messer an.
»Warum, in Gottes Namen, liegt dieses Ding überhaupt hier rum?«, fragte ich in die Runde, sah dabei aber meine beiden Töchter Nena und Andrea an. Die verschanzten sich hinter der Stereoanlage. Für mich das eindeutige Zeichen, dass sie mehr wussten als die anderen.
»Damit haben wir die Papierdecke für die Kommode zugeschnitten«, versuchte sich Andrea herauszureden.
Mein Blick wanderte automatisch zu Nena. So war das immer. Wenn die beiden Mist gebaut hatten, dann hatte erst die eine, dann die andere etwas zu ihrer beider Verteidigung beizusteuern.
»Oma hat gesagt, wir sollen die Anlage nicht auf das blanke Holz stellen«, beantwortete Nena meinen vorwurfsvollen Blick.

»Wir haben leider vergessen, es wieder zurückzubringen«, erklärte Nena reumütig.

Mit einem strafenden Blick meinerseits war das Thema erledigt. Ich hob den Zeigefinger und verließ wortlos den Raum. Aus der Küche holte ich Zitronensaft und brachte ihn ins Wohnzimmer. Das Stempelkissen nahm ich aus der obersten Schublade des Sideboards. Seit meinem Auszug hatte meine Mutter nichts verändert. Alles lag noch da, wo es früher schon war.

Die Kinder sahen mich fragend an.

»Ich werde jetzt diesen Griff hier mit etwas Zitronensaft beträufeln«, begann ich meine Ausführung, »und das Messer dann für einige Sekunden in die Mikrowelle legen. So kann man nämlich die Fingerabdrücke sichtbar machen.« Ich träufelte ein wenig Saft auf den Griff.

»Dann werde ich von allen Anwesenden mittels dieses Stempelkissens hier Fingerabdrücke nehmen.« Jetzt hielt ich das Stempelkissen hoch.

»Dann brauche ich nur noch die Fingerabdrücke zu vergleichen und, siehe da, wir haben unseren Mörder.«

Ich wollte gerade den Raum in Richtung Küche verlassen, um die Fingerabdrücke sichtbar zu machen, als Marion hervortrat und kleinlaut die Tat gestand.

»Ich wollte doch nur mal testen, ob das Messer wirklich scharf ist«, murmelte sie mit Blick auf den Fußboden.

»Das ist es wohl, meine Liebe«, sagte ich und versuchte möglichst zornig zu klingen.

»Es tut mir Leid. Ehrlich. Es war ein Unfall, das müssen Sie mir glauben.«

Marion stand wie ein Häufchen Elend vor mir und rang mit sich, um nicht auch noch loszuheulen.

»Tja, mal sehen, was das Gericht dazu sagt.« Ich konnte mir ein kleines Lächeln nicht verkneifen.

Die Tür sprang auf und Natalie kam freudestrahlend ins Wohnzimmer gesprungen. Sie hielt Tom hoch, der nun wieder komplett war. Meine Mutter hatte Toms Kopf wieder angenäht, wie früher, wenn mein Bruder einen meiner Lieblinge geköpft hatte.

»Wir haben den Täter, Mama«, sagte ich und ein Lächeln umspielte meine Lippen. Ich deutete auf Marion, die nun auf dem Sessel saß, auf dem meine Mutter vorhin Natalie zum Sprechen gebracht hatte.

»Sie zeigt Reue«, fuhr ich fort. »Ich denke, das sollte strafmildernd angerechnet werden, oder?«

Mutter nickte zustimmend.

»Was würdest du für eine gerechte Strafe halten, Natalie?«, fragte meine Mutter die Bärenmama.

Natalie sah Marion an, überlegte kurz und verschwand in der Küche. Ich lächelte meine Mutter an. Sie strahlte zurück. Keine zehn Sekunden später kam Natalie mit einem Negerkuss in der Hand wieder in den Gerichtssaal.

»Darf ich den Marion ins Gesicht drücken?«, fragte Natalie die Richterin.

Mutter sah Marion an, die die Augenbrauen hochzog.

»Das ist eine gerechte Strafe, da das Opfer überlebt hat.« Die Richterin hatte das Urteil verkündet.

Natalie drückte Marion den Negerkuss genüsslich und mit einem Jauchzen ins Gesicht. Die Umstehenden klatschten Beifall. Marion leckte sich die süße Masse ab, soweit die Zunge reichte.

Gegen acht Uhr fuhr ich mit meinen Töchtern nach Hause. Im Auto quatschten die Kinder durcheinander. Sie diskutierten nochmals den Mordfall des Tages. Dann tippte mir Lena auf die Schulter.

»Du, Mama, kann man wirklich so die Fingerabdrücke sichtbar machen?«

»Natürlich«, log ich. Wer weiß, wovor ich so das Spielzeug anderer Kinder schützen konnte.

Regine Kölpin
Wellengang

Seit Jahrtausenden werden Kinder geboren. Es ist das Natürlichste der Welt.

Aber ich fühle mich wie vor einer herannahenden Sturmflut, bei der nicht sicher ist, ob die Deiche halten. Immer wieder klettere ich auf die Deichkrone, inspiziere den Himmel und versuche das Krachen der Wellen zu deuten.

Ein großer Teil der neun Monate liegt hinter mir, es fehlt nur noch der Countdown.

Das Kinderzimmer ist fertig, ich mache täglich einen Kontrollgang. Der Teddy auf dem Bett strahlt mich an, als warte er förmlich darauf, endlich angenuckelt und von deinem Duft umhüllt zu werden. Dann öffne ich die Kommode.

Reichen die Strampler, sind die Bodys nicht zu klein? Hin und wieder zupfe ich einen kleinen Pulli heraus, rieche daran und stelle mir vor, wie du darin aussehen wirst. Du, unser Kind. Unbekannt und doch vertraut.

Immer wieder lese ich die Abschnitte über die Phasen der Geburt, probe heimlich die Atmung, hocke auf dem Petziball und versuche, mich zu entspannen.

Ich komme mir vor, als sei ich zu einem Vorstellungsgespräch geladen, in dem ich nichts Wichtiges vergessen darf. Mein Mann ist ganz gelassen, keine Spur von Zweifel. Er denkt eher praktisch – und kontrolliert, ob im Kinderzimmer alle Lampen funktionieren und die Steckdosensicherungen angebracht sind.

Aber er streichelt auch meinen Bauch, und dann wird mir warm.

Heute Nacht hat das Baby geboxt wie noch nie, fast als wolle es anklopfen, uns Bescheid sagen, dass es bald anreist.

Ich habe ein verdammt mulmiges Gefühl im Bauch. Nicht darüber nachdenken.

Die Atmung ist oft genug geübt, ich beherrsche sie. Ruhig, langsam, immer schön wieder ausatmen. Die Wehe ist eine Welle, sie steigt und fällt. Der Schmerz ist schon zu spüren, ich weiß fast, wie er sich anfühlt. Ein letzter Check, theoretisch habe ich alles im Griff. Es kann losgehen.

Doch der errechnete Termin kommt und geht auch wieder. Das Kind lässt sich Zeit, und ich werde ungeduldig.

»Das ist Natur, lass es geschehen«, sagt mein Mann und weiß, dass ich es nicht kann. Er will Einfluss nehmen, agieren, aber das funktioniert nicht.

Ich flehe das Kind an, stürme die Treppen auf und nieder, putze das Haus von oben nach unten und wieder seitwärts, nehme heiße Bäder und verführe meinen Mann.

Ich versuche alles. Vergeblich. Kein Einmischen von meiner Seite geduldet, es macht, was es will.

Schließlich gebe ich auf. Ich füge mich. Vielleicht war ich gar nicht schwanger, alles Einbildung.

Wir gehen essen, aber es passt nicht viel rein, da macht sich jemand breit. In mir und bald in meinem Leben.

Abends durchschießt mich ein Schmerz. Er dauert an, ebbt nicht sofort ab.

»Wehen?«, fragt mein Mann. »Jetzt doch?«

Ich nicke nur und schon überrollt mich erneut dieser Wahnsinn. Keine Welle, wirklich Sturmflut. Meterhohe Wogen, bis sie auf der Höhe brechen und krachend zusammenfallen.

Nicht die Zähne zusammenbeißen, das verkrampft den Muttermund. Die Stimme der Hebamme dringt aus meinen Tiefen. Ich beiße aber die Zähne zusammen, und zwar so fest es eben geht.

»Die Wehen kommen jetzt schon alle zwei Minuten, das kann nicht sein, das ist falsch«, kommentiert mein Mann. Ich passe nicht ins Schema. Wie immer.

Während ich unter der nächsten Woge begraben werde, überkommt mich Angst vor der Herausforderung, der ich nun nicht mehr ausweichen kann. Es passiert mit mir, ich habe keinen Einfluss. Und dabei werde ich in der Brandung hin und her geworfen, spüre, dass dies nur der Beginn ist. Der Beginn einer immer wiederkehrenden Ebbe und Flut, die von nun an mein Leben bestimmen wird. Die letzten neun Monate waren nur ein seichtes Vorspiel davon.

Welle folgt auf Welle, die Sturmflut bedroht das Land. Das soll ich nun stundenlang ertragen?

Sterben. Ja, sterben wäre jetzt die Möglichkeit, alles zu umgehen. Mein Mann holt lieber das Auto.

Jetzt bin ich froh über seine Ruhe. Er umfährt jeden Stein, jeden Gullydeckel, lässt sich von nichts hetzen.

Das Schild »Kreißsaal« hat etwas Beruhigendes. Ein Hafen, Sicherheit.
Wir werden freundlich empfangen, lassen die Formalitäten über uns ergehen. Das CTG und die Muttermundinspektion lösen eine gewisse Hektik aus. Es würde schnell gehen. Keine Badewanne mehr möglich, auch der Einlauf bleibt mir erspart.
Das Entbindungszimmer ist gemütlich, fast wie zu Hause. In der Ecke steht eine große Couch, auf die ich zielstrebig zusteuere. Irgendwo aufstützen, Halt suchen. Ich lege meinen Kopf auf die Liegefläche, knicke mit den Beinen weg und versuche nicht unterzugehen.
Mein Mann steht dicht neben mir, die warme Hand an meinem Rücken lässt mich den Schmerz besser ertragen. Leise fließt sein Atem über meinen Nacken, streichelt ihn. Ich bin zu zweit.
»Der letzte Atemzug nach der Wehe ist fürs Kind«, höre ich die Hebamme. Das geht.
Solange, bis die Deiche brechen, das Land nicht mehr zu sehen ist. Mein Körper wird zerreißen, es nicht überstehen. »Wenn man glaubt, es ist nicht mehr zu schaffen, ist es bald vorbei«, höre ich die Hebamme wieder.
Sie schleifen mich auf einen toilettenähnlichen Stuhl. Der Gebärhocker. Stimmt, hatte ich anfangs gesagt.
Aber jetzt will ich nicht mehr. Nichts mehr. Es soll nur vorbei sein. Sofort.
Mein Mann sitzt hinter mir. Zwei Arme umschlingen meinen bebenden Körper, vertrauter Atem im Haar. Er ist da, passt auf uns auf.
Wehenpause, Zeit zum Luftholen.
»Wenn gleich die Wehe kommt, dürfen Sie pressen!«, kommt das Kommando von unten. Zu meinen Füßen knien der Arzt und die Hebamme. Ich bin die Königin, es geht um mich.
Der Schmerz verändert sich. Ich muss alles herauspressen, es loswerden. Im Vergleich zu vorher ist es fast angenehm. Passivität ist nicht meine Stärke.
Der Druck wird größer, stärker, und dann darf ich nur noch hecheln. Ich schaffe es nicht, werde ertrinken. Aber seine Arme halten mich wie unverwüstliche Planken.
Mein Haar klebt, ich rieche. Er riecht auch, Einheitsschweiß, paralelle Gedanken.
Dann glaube ich zu explodieren. Mein Schrei der Unendlichkeit

zerreißt die Luft des Kreißsaales, und wie eine Rakete schießt ein nasses Bündel hinaus.
Nackt liegst du auf meinem Bauch. Schreist nicht, guckst nur. Riesige Augen, tief, allwissend. Mein Kind. Unser Kind. Dein Geruch ist eigentümlich, süßlich und unbekannt. Aber unendlich gut. Unser Kind. Geboren mit meiner Kraft. Mit meiner Energie, meinem Schmerz, getragen von der Liebe deines Vaters. Du siehst uns an. Ja, wir werden mit den Gezeiten leben, alles schaffen, was auch immer kommt. Du bist die Liebe. Es ist das Natürlichste der Welt, das mit dir. Seit Jahrtausenden und immer wieder.

Regine Mönkemeier
Zärtlich hat er mich zum Abschied geküsst

»Hallo Jule, hallo Bongo«, rief sie laut, als sie nach Hause kam. »Ich konnte nicht früher, nach der langen Sitzung musste ich unbedingt noch einkaufen. Was ist mit euch? Warum hockt ihr so traurig auf dem Teppich herum? Langweilst du dich, Jule? Und du, Bongo? Du bist mir überhaupt nicht entgegen gesaust. Was ist denn das für eine Begrüßung?«

Lachend trug sie den großen Einkaufsbeutel in die Küche. Grapefruitsaft und Gläser stellte sie auf den langen, schmalen Gesindetisch, der mit seinen hochlehnigen Stühlen in der Diele des alten Kaufmannshauses steht.

Doch Jule ließ ihr liebstes Getränk unbeachtet.

»Was ist mit dir, Jule?«

»Arndt ist nicht da.«

»Ja, ich verstehe, es tut mir Leid, warst du zu lange allein?« Sie strich zuerst dem kleinen Mädchen über die langen schwarzen Haare, dann streichelte sie den Hund.

»Nein, Mama, es ist ganz anders, Arndt ist für immer weggegangen. Ich glaube, er will sein Glück in der fernen Welt finden.«

»Wie kommst du darauf, das kann nicht sein.« Sie setzte sich zu ihrer Tochter auf den Teppich und nahm sie in den Arm. »Erzähl mir erst einmal, was du weißt, ganz der Reihe nach, damit wir Arndt suchen können.«

Jule musste weinen. Die Mutter zog sie in ihre Arme, streichelte ihr den Rücken und beruhigte den Hund. Endlich löste sich Jule und schob Bongo sanft von ihrer Schulter.

»Bongo, guter Bongo, bello Bongo.« Halb versteckte sie ihr Gesicht in den weichen Hundehaaren und begann stockend zu berichten: »Arndt hat schwere Sorgen, alles ist ganz anders in der neuen Schule. Sie finden seine Schrift nicht schön. Und der Deutschlehrer diktiert immer so ›markige Sätze‹, wie Arndt es nennt.

Aber er will nicht schreiben: ›*Unser Christianeum gefällt uns bereits ausgezeichnet, wir sind stolz darauf, Schüler dieser Schule zu sein. Die Lehrer sind in ihrem Auftreten bestimmt, aber freundlich.*‹ Arndt hat gesagt, er möchte so etwas selbst entdecken, nicht diktiert bekommen. Im Kopfrechnen ist er in der dritten Leistungsgruppe, das hat er dir nicht erzählt. Er versucht aufzusteigen, aber er hat es noch nicht geschafft.«

»Ja, Jule, am Anfang ist es nie ein Spiel. Aber Arndt wird sich bald eingewöhnen, er ist stark, er schafft das. Er würde deshalb doch nicht seine Familie verlassen, wir halten doch immer zusammen!«

»Arndt hat aber gesagt: ›Die Eltern sind noch schlimmer, jetzt meckern sie ständig an den Hausaufgaben herum und dass du sogar willst, dass er ein Vokabelheft führt.‹ Dabei hat die Lehrerin das erst für später vorgesehen. Die Erwachsenen, Mama, glauben immer, die Kinder sollten so denken wie sie, aber wir wollen doch wir sein.«

»Ich weiß, was du meinst«, erwiderte die Mutter und bat ihre Tochter beschwörend: »Jule, du musst mir jetzt genau erzählen, was Arndt alles getan und gesagt hat. Du musst dich an alles erinnern, es ist sehr wichtig.«

Dann berichtete Jule, wie Arndt aufgeregt alle Treppen hinauf in sein Dachzimmer gepoltert ist. Mit seinem Fernrohr, das er zum neunten Geburtstag bekommen hatte, der kleinen roten Decke und seinem Kompaß sei er zurückgekommen. »Er brauchte auch unbedingt seinen Rucksack, den haben wir endlich unter dem Regencape im Windfang gefunden. Ganz eilig und sehr geheimnisvoll hat er noch fünf große Äpfel, eine Tafel Schokolade aus den Vorräten und einen warmen Pullover eingepackt, dann noch seinen Füller und den Terminkalender für Manager, den er von Onkel Hang hat. Und ich habe ihm acht Euro gegeben, weil er seinen Tresor nicht so schnell öffnen konnte. Stell dir vor, acht Euro, mein Taschengeld für zwei Wochen.«

»Und du hast keine Ahnung, wohin er gegangen sein könnte?«

»Nein Mama, er war so ernst, ganz anders als sonst, ich habe mich gar nicht getraut, ihn zu fragen. Zuletzt zog er noch seine Bergschuhe an, für *bergauf* wollte er sie schnüren, aber er hat vergessen, wie das geht. Dann hat er mich noch ermahnt, so wie du das immer tust, ich dürfte nicht an die Haussprechanlage gehen, wenn es klingelt, damit ich keine fremden Menschen ins Haus lasse. Seinen Schatz, die Magnetplättchen, hat er mir dann noch feierlich geschenkt. Und dem Bongo hat er zugeflüstert, er soll mit mir spielen. Er hat ihn gestreichelt, und dann hat er mich umarmt, so zärtlich geküsst und gesagt: ›Mach's gut, große Jule!‹ Stell dir vor, große Jule, so hat er mich vorher noch nie genannt, Zweitklässler sind für ihn schließlich fast noch Kindergartenkinder. Er ist zur Hintertür hinausgestürmt, den schweren Rucksack hatte er nur über die rechte

Schulter geworfen. An der Hofmauer, da blieb er plötzlich stehen und schaute so seltsam nachdenklich zum Haus. Ich hab gehofft, er kommt zurück, aber er winkte mir nur.«

»Und wann war das alles, Jule?«

»So eine halbe Stunde, nachdem du fort warst. Und einen Brief wollte er dir auch noch schreiben, den habe ich aber nicht gefunden.«

Die Mutter stand auf und sagte, sie werde jetzt viel telefonieren müssen und suchte die Namenslisten der Klassenkameraden aus der alten und der neuen Schule.

Vorher wollte sie noch schnell Jule etwas fürs Abendbrot hinstellen. Sie ging zum Kühlschrank und zog den kleinen weißen Vorratskorb mit Wurst und Schinken hervor. Am Korbrand hing ein Zettel, und auf dem stand:

»Liebe Mama! Ich muss ganz dringend zu den *Schwarzen Ponys*, sie wollen mich in ihrer Bande aufnehmen. Leider konnte ich dich nicht vorher fragen. So etwa um 7 bin ich aber bestimmt zurück. Halt mir die Daumen, es muss unbedingt gelingen!!!

Liebe Grüße
Dein Arndt«

Natascha von Maydell
Zuhause ist, wo du verstanden wirst

Als Max kleiner war, war er anders, fröhlich und weich. Runde Bäckchen und Pläne im Kopf. Locken, die das Kinn von Papa streichelten, zufriedener Kindergeruch ging von ihm aus. Vielleicht hat er die Geburt seiner Schwester Theda nicht verkraftet. Selbstzufriedene vier Jahre alt und verstärkt durch sein Schwert, war es ihm noch nicht gelungen, ihr den Schädel zu spalten. Nicht dass seine Mutter ihn hätte abhalten können, sie legte Wäsche in der Küche, aber das Schwert traf die Spieluhr des Mobiles, verlor an Geschwindigkeit und kam vom Weg ab. Stoffenten aus Filz regneten auf Theda und die Spieluhr sang das passende Lied. Max sammelte die Enten ein, versteckte sie in seiner Schatzkiste und ging zu seiner Mutter, um ihr den Pullover lang zu ziehen.

Vielleicht hätte sie ihn nicht anschreien sollen, als sie die fehlenden Enten fand, das ist ja auch viel für ein Kind, erst immer der Prinz und dann so ein Schwesterchen. Denn in dieser Zeit wurde Max schwierig. Abrupt und hart wurden seine Reaktionen, wütend, zu doll. »Das war zu doll, Max« musste sie immer sagen.

Ohne sein Schwert war er nicht mehr anzutreffen, er trug eine Ritterrüstung, an der jede Umarmung zerbrach. Weg. Fass mich nicht an. Im Kindergarten konnte seine Mutter ihn leicht finden, immer dort, wo die Keilerei stattfand, immer dort, wo der Lärm war. Er sprach nicht mehr leise, ganz normale Sätze brüllte er: »Mama, gib mir was zu trinken!«

Es ist einfach anstrengend für sie, den ganzen Tag angeschrieen zu werden. Sein Wüten ist keine kurze Phase, er brütet keine Grippe aus, seine Mutter ist ratlos, was macht sie nur falsch?

Sie führt Gespräche mit den beiden Erzieherinnen, sie verabreden einen Termin am Nachmittag, der Vater kann sich da frei nehmen. Max soll Roller fahren und Theda auf dem Bobbycar, das kann sie schon, aber Max nimmt ihr das Bobbycar weg. Theda arrangiert sich und arbeitet mit Sand.

Die Erwachsenen sitzen im Zimmer der Kindergartenleiterin, Frau Frees, von hier können sie den Garten überblicken.

»Ich weiß nicht, warum er sich so verhält«, sagt seine Mutter, »er beißt und tritt ununterbrochen. Den ganzen Tag schreien wir uns

an. Das geht schon lange so. Ich denke, es liegt an der Geburt seiner Schwester.«
Maria, die Lieblingserzieherin von Max – wie sehr hat er an ihr gehangen! – schüttelt den Kopf: »Kinder reagieren ganz unterschiedlich auf die Geburt eines Geschwisterchens, aber das Verhalten von Max ist ungewöhnlich!« Fragend schaut sie die Eltern an. Der Vater ist ein großer Mann, ein Lehrer, den man am Nachmittag auch mal mit seinen Kindern auf dem Spielplatz sieht.
»Vielleicht musst du mit Max zum Sport gehen, Anna, oder er könnte das Flötenspielen lernen, vielleicht braucht er was Eigenes. Eine Anforderung, die ihm Spaß macht«, sagt er zu seiner Frau.
»Das habe ich doch schon versucht, das habe ich doch alles schon versucht«, antwortet sie und steht auf. Eine gepflegte Frau ist sie, die sich, obwohl sie ganz zu Hause ist, nicht gehen lässt. »Max ist nur noch dann zufrieden, wenn er zu mir kommt und ich mich ausschließlich um ihn kümmere, ihn im Arm halte wie ein kleines Kind, Anna!« sagt Maria. Die Mutter von Max hat das Zimmer schon verlassen, ist draußen stehen geblieben, die rote Türklinke aus Plastik in der Hand.
Sie nickt. Ihn halten wie einen Säugling. Wie Theda. Aber jetzt muss er lernen, dass er größer geworden ist, schon über fünf, nächsten Sommer wird er eingeschult.
»Komm, Max«, sagt sie draußen streng. Sie hebt die Kleine in den Kinderwagen. Papa nimmt Max an die Hand, der Weg ist nicht weit. Vor der Haustür hält der Vater inne: »Ich muss noch mal kurz weg.«
»Wo musst du denn hin, Papa?«, fragt Max. Die Mutter schiebt Max ins Haus. »Noch mal kurz weg, arbeiten.« Den Rest des Nachmittags benimmt sich Max unmöglich, aber jetzt bestraft sie es konsequent.
Am Abend setzt sie Theda vor das Kinderprogramm: »Die darf das jetzt gucken und du nicht«, und packt Max fest am Arm, »komm mit, du musst ins Bett, und Wurst bekommst du auch nicht auf dein Brot.« Max tobt, hält sich am Türrahmen fest, ist stark wie Mama, will auch fernsehen, und fragt plötzlich: »Wo ist Papa?« Die Mutter nutzt sein kurzes Abwarten einer Antwort und trägt ihn ins Bett.
»Papa arbeitet«, sagt sie ruhig.
»Aber es sind jetzt keine Kinder in der Schule, Mama«, fragt Max noch einmal nach.
»Er muss mit den anderen Lehrern etwas besprechen«, sie hat es geschafft, er sitzt im Bett. Zudecken kann sie ihn nicht, seine Beine treten in die Luft, treten nach ihr, sie schließt seine Zimmertür ab

und macht ihm ein Abendbrot. Das darf er im Bett essen, aber raus darf er da nicht mehr.

»Ficksau« hört sie durch die geschlossene Tür, »Mama, du Ficksau.« Sie macht einfach weiter kleine Reiterchen, einen Apfelsaft dazu, sie stellt noch ein zweites Glas daneben. In ihrem Medizinschrank stehen Baldriantropfen, ganz selten nimmt sie welche vor dem Einschlafen, und jetzt tropft sie die halbe angegebene Dosierung in das andere Glas, einen kleinen Schluck Apfelsaft dazu.

Sie nimmt das Abendbrot und klopft an Max Zimmertür: »Setz dich in dein Bett, dann mache ich die Tür auf.«

Weil es still ist, geht sie hinein, und tatsächlich sitzt Max im Bett. Verrutscht und traurig sitzt er da, hat sich sogar zugedeckt. »Mama, kuschelst du noch mit mir?«, fragt er. Sie gibt ihm erst den kleinen Apfelsaft, der schmeckt nicht, danach darf er den Großen trinken. Dann liest sie ihm etwas vor, während er isst. Ihr Lieblingsbuch, wo die wilden Kerle wohnen. So kann er lernen, dass Wut normal ist und seine Mutter ihn dennoch lieb hat.

Nach dem Buch geht sie raus, obwohl er weint. Er ist alt genug.

Auch Theda bringen die gewohnten Rituale heute nicht zur Ruhe, ihr hellwacher Blick erzählt von Puppen und Mäusen, die in einem kleinen Kasten für sie geturnt haben. »Buff« macht sie und sieht ihre Mutter an. Noch mal die Spieluhr, noch mal zudecken, und einfach schnell die Zimmertür zu.

Sie setzt sich ins Wohnzimmer, nimmt eine Decke, die Tagesschau hat sie verpasst.

An dem sechsten Geburtstag von Max müssen seine vier Gäste vorzeitig abgeholt werden. Max hat mit dem Schwert um sich geschlagen. Er sitzt still auf seinem Geburtstagsstuhl, »Tschüss« sagen die anderen Jungs leise. Zwei waren gar nicht gekommen, weil sie Angst haben vor Max.

»Ich wollte eigentlich deinen Mann noch etwas fragen«, sagt die Mutter von Ole, »wo ist der denn?«

Mama gibt Ole seine süße Tüte. »Mein Mann ist kurz in die Schule gefahren, er wollte etwas vorbereiten für morgen.«

Sie lacht: »Da kannst du sehen, was das für ein Quatsch ist, dass die Leute so auf die faulen Lehrer schimpfen, das macht er sogar sonntags.«

Als alle weg sind, gibt es doch noch die Pommes und die Würstchen für Theda und Max.

Es sind die letzten Tage für Max in seinem Kindergarten. Nach den großen Ferien wird er Schulkind sein, und heute holt Papa ihn ab. Max steht am Tor und wartet schon. Papa kommt sogar mit dem Auto, und Max läuft schnell in den Kindergarten, um seine Tasche zu holen. »Stopp«, ruft Maria, »dein Schnürsenkel«, und hält ihn fest. Sie hat warme Hände. »Möchtest du deine gemalten Bilder heute mitnehmen, ich habe sie gerade zusammengesammelt?« Sie kniet sich hin und macht eine geübte Schleife auf seinem Schuh. Max freut sich. »Ja, ich werde mit dem Auto abgeholt, gib sie mir.«

Der Vater von Max ist hinzugekommen und winkt ab. »Das kannst du morgen machen, jetzt müssen wir uns beeilen.« Er nimmt die Kinderjacke über seinen Arm, Max an der Hand und geht schnell los. »Meine Tasche, Papa, du hast meine Tasche vergessen!«

Papa geht weiter. »Die nimmt Mama morgen mit, ich habe noch eine Schülerin im Auto, die müssen wir nach Hause bringen, komm, sie soll nicht warten.«

Sie sind beim Auto und darin sitzt eine Frau.

»Das ist Max«, sagt Papa zu der Frau und schnallt Max fest. »Maja ist heute hingefallen, sie hat Aua am Bein, darum müssen wir sie nach Hause bringen.«

Sie fahren lange.

Max ist still. Die Frau ist auch still.

Max sagt: »Du hast hässliche Haare.« Und weil die Frau nicht antwortet, sagt er »Ficksau.«

Papa seufzt. »Ich hab es dir ja erzählt. Wir haben ihn jetzt doch in der Waldorfschule angemeldet, dort wird er aufgefangen, falls er doch auf den heilpädagogischen Zweig wechseln muss. Ich halte ja nichts von dieser ›Hyperaktivitätsdebatte‹, wenn dann plötzlich alles angeboren sein soll, aber manchmal denke ich, wir sollten ihn mal testen lassen.«

Die Frau sagt: »Aha«. Sie sind da, und sie sagt noch »Auf Wiedersehen, Herr Mühlenstedt und vielen Dank.«

Schnell geht sie zum Haus, ein großes Haus mit vielen Fenstern.

Weil ihr Gurt in der Tür klemmt, muss Papa aussteigen und die andere Autotür noch einmal öffnen, alles ordentlich machen, den Gurt, die Frau ist weg, sie fahren los.

»Wir haben eine Frau nach Hause gebracht, Mama«, sagt Max, aber Mama hat alles fertig, schon lange alles fertig, Bohnen mit Kartoffelbrei und Rührei. Wenn sie sich nicht schnell hinsetzen, wird es kalt.

»Eine Schülerin von mir, sie hatte sich den Fuß gezerrt wahrscheinlich …«, erklärt Papa und setzt Theda in den Hochstuhl.

»Es schmeckt doch nicht mehr, wenn es kalt ist«, sagt Mama, und »hoffentlich ist es nicht schlimm mit dem Fuß, na, da muss der Doktor wohl einen Verband machen.« Dann muss sie das Rührei einsammeln, das Max mit dem Teller vom Tisch gewischt hat. Ganz viele Papiertücher nimmt sie, das ist nicht ökologisch, aber sie will jetzt essen.

Max ist in sein Zimmer gelaufen, er hat keinen Hunger.

»Ich glaube, er ist schon aufgeregt wegen der Einschulung, das erzählen die anderen Mütter auch von ihren Kindern. Der Ole schläft wohl abends nicht mehr ein.«

Sie wollen in den Urlaub fahren in einer Woche, an die Küste, die ist nicht weit weg. Der Vater muss nur an den Wochenenden zurück, um seine Hefte zu korrigieren, das macht er am liebsten in seiner Schule. Aber unter der Woche, da wird er mit den Kindern an den Strand gehen, und sie kann lesen. Vier Bücher hat sie sich ausgesucht, sie freut sich, die wird sie alle lesen.

Eins hat ihr der Kinderarzt empfohlen, das sieht interessant aus, Entspannungsübungen für Kinder. So etwas brauchen viele Kinder in der heutigen Zeit, die vielen Reize überall, alles ist schnelllebig. Sie wird jetzt für Ruhe sorgen, keine Eindrücke, die Max überfordern könnten. Den Fernseher abschaffen, auf der Waldorfschule machen die das ja auch so.

»Wie alt war denn die Frau?«, fragt sie ihren Mann.

»Maja ist letzte Woche achtzehn geworden«, sagt er und sieht auf.

Anna sammelt das Besteck zusammen.

»Gut«, flüstert sie unhörbar.

Sie fängt sie an, den Tisch abzuräumen. Die anderen beiden Bücher sind von Rudolf Steiner, das vierte behandelt Lebensmittelallergien von Kindern. So etwas kann auch zu motorischer Unruhe führen.

Conchita Laurenz
Dorotheas Sommer

Irgendwann in meinen Zwanzigern gab es Jahre, in denen ich keine Kinder haben wollte. Job, Freunde, Ausspannen, Spaß haben, ich war mir selbst genug. Dabei hatte ich meiner Mutter als kleines Kind weismachen wollen, dass ich mir mindestens zehn Kinder wünsche, aber keinen Mann.
Heute bin ich einunddreißig, und Dorothea, die Erste, ist bereits seit vierzehn Monaten auf der Welt. Ein Wunschkind, geboren mit der Frage: »Warum habe ich nicht schon früher …?«
Lebe ich wirklich noch in der gleichen schnelllebigen Spaßgesellschaft wie vorher – oder kam mit Dorothea ein Stück Langsamkeit zurück?
Es ist heiß diesen Sommer. Täglich entfliehen wir am Nachmittag dem Dachgeschoss und setzen uns mit einer Decke auf einer Wiese in den Schatten. Während ich so dort sitze, Kühle und Stille genieße, sehe ich Dorothea beim Spielen zu. Nein, sie spielt nicht nur, sie entdeckt die Welt auf ihre Weise. Jeder Grashalm wird von oben bis unten inspiziert, ein Gänseblümchen auf seine Genießbarkeit hin überprüft, der erste Marienkäfer darf auf ihrem Arm krabbeln, wird vom rechten auf den linken Zeigefinger geleitet, begleitet von großen Augen und einem Schmollmund, als er sich entfernt. Jeder Baum, jeder Strauch, jedes Tier ist unendlich interessant.
Ständig muss ich ihr einen Halm, Stein, Stock, eine Beere oder einen Tannenzapfen in die Hand drücken. Dann strahlt sie und ist glücklich, als hätte sie gerade das größte Geschenk ihres Lebens bekommen.
Sind wir mit dem Kinderwagen in Wald und Feld unterwegs, kommt der Zeigefinger nicht mehr zur Ruhe. »Da, da, da.« Anfangs fand ich es süß, wie sie auf ihre Umwelt reagierte, dann wurde es etwas lästig, zehnmal in einer Minute zu wiederholen: »ein Baum«, »die Wiese«, »ja, ein Pferd«.
Doch plötzlich fing ich an, meine Umgebung auch wieder genauer zu betrachten, und ich beneidete Dorothea darum, die gesamte Welt zum ersten Mal entdecken zu dürfen – all das, was mir schon selbstverständlich war oder wenigstens selbstverständlich schien.
Ist Gras wirklich nur grün? Sind Blumen nur gelb oder rot? Sind

Kühe wirklich nur rot-weiß oder schwarz-weiß – ohne Unterschiede? Zumindest sind sie nicht lila, das soll Dorothea wissen. Sie treibt mich wieder in die Natur, wie ich sie als Kind genossen habe, weit mehr als unser Hund das je getan hat, und ich bin dankbar dafür. Ich lerne wieder zu leben und entdecke, dass es mehr gibt als Arbeit, Fernsehen, Partys und andere Vergnügen. Wie ich es als Kind auch wusste.

Ich sitze mit Dorothea auf unserer Decke. Sie spielt mit ihrem Lego. Autos habe ich ihr mitgenommen, Pferde, die passenden Reiter und eine Kuh. Wie sie es von unseren »Bitte-Danke«-Spielen gewohnt ist, möchte sie mich an ihrem noch unbeholfenen Spiel teilhaben lassen.

Da sitze ich nun, in der einen Hand ein Auto, in der anderen ein Pferd. Dorothea sieht mich an und wartet, was ich tue.

Ich weiß nicht, was ich machen soll, beim besten Willen nicht. Schließlich rolle ich das Auto über die Decke und mache ziemlich dumme »Brumm«-Geräusche.

Früher, als Kind, da konnte ich noch stundenlang mit Lego, Playmobil, Barbie spielen und habe mir dazu die verschiedensten Geschichten ausgedacht. Und jetzt?

Nein, meine kindliche Kreativität ist weg, verloren gegangen auf der Reise zum Erwachsenwerden, zugeschüttet unter Bergen von Erlebnissen, Lehrbüchern, Erfahrungen. Irgendwann darf man eben nicht mehr kindlich sein.

Ich hatte mir viel Mühe gegeben, diese Kreativität zu verlieren, einfach wegzupacken. Und jetzt brauche ich sie wieder.

Zum Glück ist Dorothea derzeit noch mit einem »Brumm, brumm« zufrieden. Doch irgendwann wird sie mehr von mir erwarten, da bin ich mir sicher.

Ich möchte wieder spielen können und die Welt nur einen einzigen Tag durch Dorotheas Augen sehen.

An einem besonders heißen Tag gehen wir schwimmen. Dorotheas Vater holt uns ab. Wir wollen mal wieder gemeinsam etwas unternehmen. Es wird ihr erstes Mal im Schwimmbad sein, und das möchten wir auch zusammen erleben. Sie sieht zu süß aus in ihrem kleinen Janosch-Zweiteiler. Nicht nötig, aber niedlich.

Wie wird es für sie sein? Dorothea mag Baden nicht. Und hier auf einmal solche Mengen Wasser und viele Menschen auf einmal! Sie sitzt auf ihrem Schwimmkissen, ich halte sie fest. Große Augen sehen mich verständnislos an. Dorothea weiß nicht, ob sie weinen oder sich freuen soll. Sie entscheidet sich für Letzteres. Geschafft. Ab nun ziehen wir im Becken zufrieden unsere Kreise.

Eine Wand des Schwimmbads ist mit unterschiedlichen Blautönen bemalt. Auf ihr tummeln sich Wale, Schwertfische und Delfine. Besonders die Wale haben es ihr angetan. Keine Runde vergeht ohne ein lautstarkes »Da, da, da.«
Wie ein Kind sich über Kleinigkeiten freuen kann. Ihr ist es egal, ob die Tiere wirklich detailgetreu sind. Sie sind da und eine neue Erfahrung in ihrem Leben, auch wenn sie noch nicht weiß, was Wale sind. Ohne Dorothea hätte ich die Tiere an der Wand wahrscheinlich keines Blickes gewürdigt. Dabei sind sie schön gemalt. Von wem wohl, frage ich mich. Wie lange mag es gedauert haben, das Gemälde anzubringen? Fragen, die ich mir ohne Dorothea niemals gestellt hätte. Irgendwann werde ich ihr Erklärungen geben müssen. Bis dahin habe ich aber noch ein paar Jahre Zeit.

Hier und heute ziehe ich sie weiter durch den Wassertunnel, während ihr Vater sich in der »Blubberecke« amüsiert – in die Dorothea jetzt auch wieder will.

Sie genießt unseren Tag, der für mich anfangs lediglich »Schwimmen gehen« bedeutete. Und ich bin wieder hin und weg davon, wie etwas für ein kleines Kind eine Besonderheit sein kann, das für uns schon zur Normalität geworden ist. Was empfindet Dorothea dabei? Wird sie sich in einigen Jahren noch an ihren ersten Tag im Schwimmbad erinnern? Szenen aus meinen eigenen ersten Jahren kommen nur durch kleine Erzählungen meiner Mutter zurück. Aber an vieles kann sie sich selbst nicht mehr erinnern. Verlieren etwa die Erlebnisse mit dem eigenen Kind, die heute noch etwas Besonderes sind, irgendwann an Bedeutung? Werden sie abgelöst durch neue Erfahrungen?

Ich möchte es anders machen. Deshalb führe ich für meine Tochter eine Art Fototagebuch. Ob es ihm gelingen wird, mir eines Tages unser heutiges Erlebnis zurückzubringen? Oder Dorothea? Ich weiß es nicht.

Wenn ich jetzt aus dem Fenster sehe, weiß ich nur: Dorotheas erster bewusster Sommer scheint vorbei zu sein: Es regnet in Strömen und ist kälter geworden. Aber unsere gemeinsame Entdeckungsreise wird noch einige Jahre weitergehen, und ich freue mich darauf.

Jetzt wird es erst einmal Winter. Ihre kleinen Freunde und ich könnten ihr das Schlittenfahren beibringen.

Die Autorinnen und Autoren

Uwe Bonecke, 38, von Beruf Zusteller bei der Deutschen Post AG, (Lieblingsautor Stephen King), hat seine Frau in der Schreibwerkstatt der VHS Celle kennengelernt. Hat seine dort entstandene Geschichte, als er Vater von zwei Kinder geworden ware, überarbeitet und jetzt eingesandt.

Kirsten Commenda, 30, Lehrerin, Erwachsenenbildnerin und Journalistin, schreibt, »weil sie weder singen noch tanzen noch malen kann.« Sie ist seit gut einem Jahr selbst Mutter und hatte sofort eine zündende Idee zum ELTERN-Wettbewerb.

Christiane Dieckerhoff, 43, verheiratet, zwei Kinder, Kinderkrankenschwester, arbeitet gerade an einem Krimi und schreibt Kurzgeschichten, beschäftigt sich auch mit Schreibtheorie.

Paul Holzreiter, 53, Unternehmensberater, hat keine eigenen Kinder, es hat ihn aber gereizt, eine Kindergeschichte zu schreiben. Schreibt aus Leidenschaft – und weil die Abende lang sind ...

Irene Jung, 45, von Beruf Kulturpädagogin. Wollte schon immer schreiben. »Jetzt ging es mit einem Male ganz leicht. Es war wohl die Verbindung, die beflügelte: Kinder, Leben, Glück.«

Regine Kölpin, 39, von Beruf Krankenschwester, Mutter von fünf Kindern; ihr Hobby ist Schreiben und Volleyball-Spielen. Sie schreibt gerne, weil es ihr Spaß macht, Gedanken und Geschichten in Worte umzusetzen.

Eva Lang-Booz, 35, Diplom-Sozialpädagogin, betreibt Schreiben als Hobby und leitet selbst Kurse für kreatives Schreiben. Als Mutter von drei Jungen hat sie ihre mütterlichen Gefühle und Gedanken in eine amüsante Geschichte gebracht.

Conchita Laurenz, 31, ist diplomierte Verwaltungwirtin, liest, schreibt und mag Tiere gern. Hat ihre Geschichte auch für ihre

Tochter aufgeschrieben, als Erinnerung für später. Vielleicht mag sie es dann mal lesen!

Liane Locker, 43, zwei Kinder, Lehrerin an einer höheren Schule, unterrichtet Deutsch und Geschichte, schreibt und musiziert leidenschaftlich gerne.

Irene Maczurek, 47, Gartenbautechnikerin und Hotelfachfrau; für sie ist eine Leidenschaft, Geschichten zu erfinden und sie auf Papier zu bringen und sie dann den strengsten Kritikern, ihren Kindern, zu überlassen.

Natascha von Maydell, 35, verheiratet, zwei Töchter, Studium der Psychologie und Wirtschaftswissenschaften; arbeitet an ihrem ersten Roman.

Andrea Mecke, 36, verheiratet, zwei Töchter, arbeitet freiberuflich als Wissenschaftsjournalistin, schreibt gegen Alltagsfrust und schlechte Laune über das, was ihr am Herzen liegt: das Leben mit ihrem Mann und ihren Kindern.

Regine Mönkemeier, 65, Juristin, hat Lyrik, Prosa und Kritik in Anthologien, Literaturzeitschriften und Künstlerbüchern veröffentlicht. Sie ist Herausgeberin der Literaturzeitschrift »Der Dreischneuß«.

Stefanie Pappon, 43, selbstständige Grafikdesignerin, widmet sich neben dem Schreiben der Malerei und ist Frontsängerin in einer Blues-Band. Schreiben ist für sie ein Experimentierfeld, mit vielen Möglichkeiten sich mitzuteilen.

Christina Priplata-Harand, 29, seit einem Jahr verheiratet, war früher Kulturjournalistin bei einer österreichischen Wochenzeitung, Lehrerin und Mitarbeiterin in einem Schulbuchverlag. Das Schreiben liegt ihr im Blut, sie kann nicht anders.

Ute Schreiber, 53, Realschullehrerin, hat drei erwachsene Söhne, schreibt viel, hat sich aber noch nie bei einem Wettbewerb beworben. »Wenn man drei Kinder groß ziehen kann, kennt man diese Schwankungen zwischen Glück, Zufriedenheit ... und Enttäuschung.«

Dorothee Schulte, 36, Krankenschwester, seit über zehn Jahren auf einer Inneren Intensivstation, außerdem verheiratete Mutter von drei Kindern. Für sie ist Schreiben ein Hobby aus ihrer Jugend, das sie wieder neu entdeckt hat. »Ich räume mit meinen Gedanken auf, wenn ich schreibe, und daraus entstehen hübsche Geschichten.«

Michaela Seul, 40, Lektorin und Autorin, mit den Hobbys Sport und Motorrad fahren; sie wurde durch eine Freundin auf den Schreibwettbewerb von ELTERN aufmerksam.